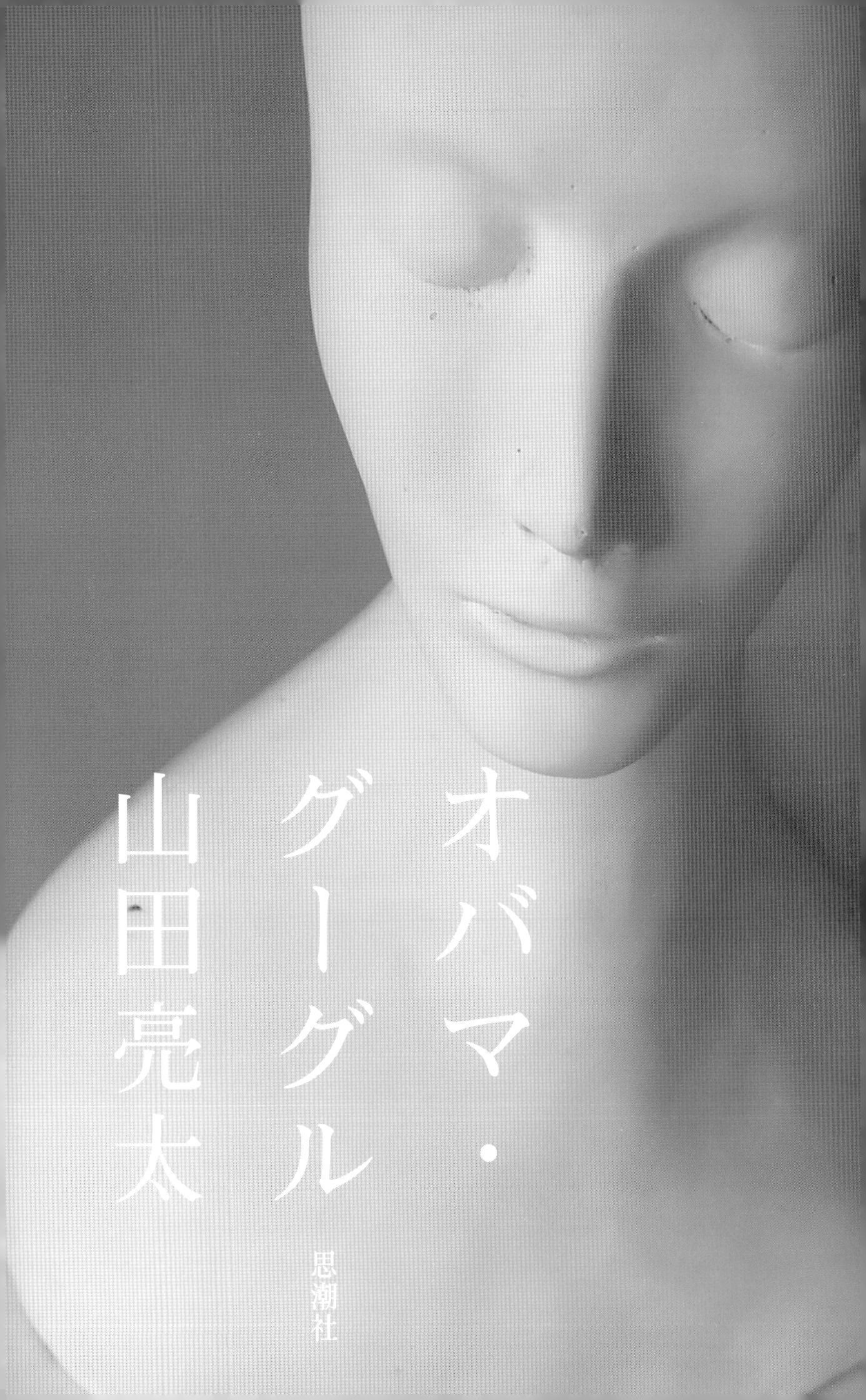
オバマ・グーグル
山田亮太
思潮社

オバマ・グーグル

山田亮太

思潮社

目次

装幀＝小田原のどか

オバマ・グーグル

I　災害対策本部

登山

いちばんたかいやまのいちばんうえで
ぜんぶのやまをみわたせば
いちばんみどりのやまがわかる
ヤッホーヤッホーヤッホヤホヤヤホー

いちばんたかいやまのいちばんうえで
いちばんおおきなこえでさけべば
ぜんぶのやまのこえがきこえる
ヤッホーヤヤホヤッホヤホヤヤヤホ

いちばんたかいやまのいちばんうえに

いちばんさいしょにつくために
いちばんまえをあるくきみ
いちばんたかいやまのいちばんうえに
いちばんさいごにいるために
いちばんうしろをあるくぼく
ヤッホーヤヤヤヤッホヤヤッヤホホヤッホーホーホホーホヤーホヤーホヤッホー

現代詩ウィキペディアパレード

近代詩の形式主義化、耽美化などへの反省により、**二〇世紀**初頭に生まれた■《現代詩》伝統的で文語的な**定型詩**では、近代人の自由な感情や意思を表現出来ないとし、日常語を用いた■《近代詩》**短歌**、**俳句**やソネット、**律詩**のように形式上の制限がある■《定型詩》**現象学・実存主義**に影響を受けた■《現代詩》いかなる**先入観**、**形而上学**的独断にも囚われずに**存在者**に接近する方法■《現象学》「存在者」の「存在」を存在の明るみに出す、**解釈学**的な方法■《現象学》理解不能な言葉や事柄を理解可能な形で、表現するないしは伝達する■《解釈学》「私」の生を生き、「私」の**死**を死ぬことを免れることは出来ない■《実存主義》欧米ではウィリアム・イェイツや**T・S・エリオット**らによって創始され■《現代詩》第一次世界大戦後の荒廃した世界と救済への予兆■《T・S・エリオット》日本では**第二次世界大戦**以後、盛んに■《現代詩》**鮎川信夫**、**田村隆一**ら詩誌「**荒地**」を中心に集まった詩人、**谷川俊太郎**、**吉岡実**、**天沢退二郎**、などが有名■《現代詩》入社するも一日も出社せず退職■《田村隆一》「有能だが、あまり仕事をしない、風流人」■《田村隆一》食道癌のため死去■《田村隆一》甥の家族と**スーパーマリオブラザーズ**に興じている最中に**脳出血**で倒れて死去■《鮎川信夫》一画面表示で固定されているのが普通だったテレビゲームに「横スクロールアクション」という概念とジャンルを普及、定着させ《スーパーマリオブラザーズ》■アガサ・クリスティなどミステリ小説の翻訳も多数《田村隆一》■詩や小説を書くことになった理由は、インフルエンザにかかり、読む本がなかったから《アガサ・クリスティ》■一九四七年九月から一九四八年六月まで同人誌として刊行された《荒地（詩誌）》■小部数かつ安価な印刷方法といえば、かつてはガリ版がほぼ唯一の手段であった《同人誌》■「若い日本の会」を結成《谷川俊太郎》■指導部もない綱領もない変わった組織《若い日本の会》■日本ビジュアル著作権協会の会員《谷川俊太郎》■現在市販の国語教材で氏の作品を見かけることはほとんどない《谷川俊太郎》■全二八四篇の詩作品と一五〇点余りの装丁作品《吉岡実》■静かな家（思潮社、一九六八）／神秘的な時代の詩（湯川書房、一九七四・書肆山田、一九七六）／サフラン摘み（青土社、一九七六）《吉岡実》■山田の詩集には書店の棚で一目で見分けられるような輝きがある《書肆山田》■「ユリイカ」－この雑誌に寄稿することが人文系研究者の憧れといわれてきた《青土社》■日本の詩人、仏文学者、児童文学作家、翻訳家。宮沢賢治研究者《天沢退二郎》■鉱物採集に熱中し、家人から「石っこ賢さん」や「石こ賢さん」と呼ばれる《宮沢賢治》■「HELP」のあだ名がつく《宮沢賢治》■あだ名は「神」《宮沢賢治》■共通するものが少ない「分散性」《現代詩》■徹底して自分というプライベートな観点から咀嚼する、という作業《現代詩》■既に日常言語が手垢にまみれ《現代詩》■奇抜な言語表現や隠喩に頼らざるを得ず《現代詩》■その隠喩がまた手垢にまみれ《現代詩》■さらに新奇な表現を求め《現代詩》■難解で尖鋭的《現代詩》■ねじめ正一や谷川俊太郎らの「ナンセンス詩」にその傾向の頂点を見る《現代詩》■阿佐ヶ谷・パール商店街で民芸店「ねじめ民芸店」を営む《ねじめ正一》■熱狂的な長嶋茂雄、巨人ファン《ねじめ正一》■空振りするとヘルメットが飛ぶような仕掛け《長嶋茂雄》■奇怪で独善的な「詩的境地」《現代詩》■常人には理解不能な長嶋語・長嶋流和製英語《長嶋茂雄》■私秘性、難解性《現代詩》■どこまでそれを狙っているのか分からないようなフアンサービス《長嶋茂雄》■孤立して先細る《現代詩》■**外来語**の多用、混用《長嶋茂雄》■「うーん」「ええ」「いわゆる」「ひとつの」「ややもすると」など、間投詞、修飾語句、**接続詞**の多用《長嶋茂雄》■同じ意味の表現を言葉を変えて展開する二重表現《長嶋茂雄》■その行き先は《現代詩》■バットを振りながら、ヘルメットを落とす練習をしていた《長嶋茂雄》■未明である《現代詩》

＊この詩篇はフリー百科事典「ウィキペディア Wikipedia」日本語版（二〇〇九年八月四日時点）の記事からの引用により構成される。添え字は引用元の記事の項目名。ゴシック体の語はその項目へのリンクがあることを意味する。

日本文化0／10

0

私たちは知っている、誰も見たことのない、無垢の国家と、性の政治、そこにはもういない、大島渚のある風景を、私たちは撮る、メディアとしての替え歌が流離する、沸騰する、ふたつの言語で解体した風の島、アイルランドの詩魂、ロシア系の、アメリカ訛りの、私たちは数え上げる、地下室でシャンソンに身を投じるボリス・ヴィアンの個体性を、その危機の数を、私たちは、黙示録的語調で象について、井戸について語る村上春樹、日本というシステムに再び差し出された多重人格と文学の夢、ワンダーランドへ、オスカー・ワイルドの世界へ、模範的な美に飾られた婦人服で踊る、光と色彩の、ルドルフ・シュタイナー、私たちは明らかにする、その脳を探索し、療養し、生命の渦を食べ、その栄養を信じることで、中原中也の不在を、田中小実昌さん、お師匠さん、みんな好きだった、私たちは好きだった、飛ぶことと書くこととが無限に忘れられサン＝テグジュペリの星へと還る、私たちは演じる、持続する魂の自由なネットワークの中の象徴としての与謝野晶子を、二〇世紀スペインを横断するブニュエルの声を、土地の声、土地の力、魔界の泉鏡花、私たちは冷える、三島由紀夫とヤン・ソギルの、分節化されたアジア的身体が渇望する手袋、その手袋を、私たちのために、私立探偵、ロス市警、そしてジェイムズ・エルロイ、私たちのために、ここに、ここから、二〇〇一年大江戸文化の旅へ、ここから私たちは、映像と記憶の軋むフレームへ、青山真治へ、途方もない迷宮、増殖するバスに乗って、新しいカフカへ、ここから私たちは、透明なページをめくり、最も映画的なオブジェ、甘く美しい写真的現実へ、プルーストへ、非常時日本の薔薇色の遠近法、宝塚へ、一人ではない、ここから私たちは、反逆の精神、逆説の日本狼、小林秀雄と、となりの部屋で体操している、となりの部屋で片づけられないものを片づけている、ここから私たちは、野田秀樹へ、イタリアへ、反響する声、言葉、エモーション、バナーナ、沖縄から、基地の街から、応答してください、宮崎駿さん、神隠しで消された千のこどもと、こどもたちの時間、帝国のアニメが窓を開く、めくるめく生のリズム、ここから私たちは、レイナルド・アレナスへ、そのパレードへ、スーパーフラットへ、ゲームの規則が待合室で見えてくる、ノートの上のイメージ、村上隆へ、あるいは奈良美智へ、手を出して、韓国映画の新時代へ、これはあらかじめ失われた手、都市の不安は燃え上がる、忍者の手、風化した、山田風太郎の手、赤ちゃんの手、合いの手、私たちはすでにもう、ビョークの世界だ！幼い妖精が幻の歌声で交信し、光源氏幻想だ！青少年のための美的表象が物語の海へ沈み、絵本の世界だ！大きな目が裏切りのよろこびに染まり、マフマルバフだ！アフガニスタンの路傍で武器としての映像が秘密を、メルヴィルから始まる！不法の孤児の群れがポストミレニアムの海を渡る、私たちはすでにもう、指輪物語の世界だ！恐ろしい祖父と小さい人とオークたちが楽園を目指し、ゴダールの世紀だ！バベルの言語でスクリーンの裏側からささやかな嘘をつき、フットボール宣言！フィールドの言語を駆使する副作用のマンガ家高野文子！おばあちゃんと虫のポリフォニーを拡張する運動体としての島うた！沖縄音楽と荒野と修羅の三角関係を内破するブロンテ姉妹！幽霊的に暗号化されたサイエンスフィクションの窓を開くニール・スティーヴンスン！グローバル・ヴィレッジにおける不滅の少女矢川澄子！エリック・ロメール！ベンヤミン！私たちは知っている、野生の箱庭の中でだけ動く夜と視野を、その先の、中国幻想綺譚を、懐かしき支那の羊を、イメージの仙人を、中国的暴力を、その先の、カエターノ・ヴェローゾを、テレビモニターの中のブラジルを、禁止され進化した音楽を、その先の、松尾スズキを、でたらめな親切を、反構造化する制度を、その先の、ダニエル・リベスキンドを、ユダヤ博物館を、希望を、その先の、つくり方を、矛盾を、ポリティクスを、活字になる、私たち、想像力は死んだ、私たちの、吉田喜重の、喚起され、粉砕され、その先の、日本語へ、その宿命へ、その先の、谷崎潤一郎先生に、名付け親になっていただきました、舌と耳と、Ｊポップの詩学、誰に語るのか、環境としての歌謡を、その先の、黒沢清を、亡霊をダビングする、正しい挨拶状、占有者たちの、その先の、黒田硫黄を、消去法からはじまる、ナスの擬音、その先の、ブックデザイン批判を、書物は目で読むものか、動詞としての０次資料、その先の、川上弘美を、動物園に君臨する古生物、ぼんやりと光り、その先の、煙草異論を、煙の中のマイ・ウェイ、路地裏の屈服、そしていま、マンガはここにある、誰のものか、作家ファイル45はここにある、どうして幸せになれないのか、その先の、星野道夫を、神話になったテクノロジーと対話する、その先の、ロラン・バルトを、私たちは知っている、不器用な言葉の運動を、なぜなら、私たちはクマのプーさんだった、ヴァーチャルな魔法の森だった、キャラクターグッズの病理だった、そして私たちは小川洋子だった、隠された微分法だった、家庭の医学だった、私たちは論文作法だった、文字コードだった、私たちはお役に立ちます!そして私たちは押井守だった、抑圧器官だった、2Dのイノセンスだった、鬱・・・・・、私たちは五月だった、土星だった、そう、私たちは鉄道と日本人だった、線路はつづく、どこへゆくのか、私たちは女子鉄ライフだった、鉄ちゃん教育だった、そのうえ私たちは棋図かずおだった、恐怖のシークエンスだった、ムシのコドモだった、そして私たちは文学賞A to Zだった、Aミクロポリティクス、B羊男賞、Cファンタジーノベル大賞、Dはっぴいえんど、E35年目の夏、F音楽脳、G日本語ロック、H西尾維新、I遍在するトラウマ、Jライトノベル、Kきみとぼく、Lゼロゼロ世代、M中村稔、N詩人の昭和史、O日本近代文学館理事長、P文藝家協会、Q弁護士、R藤森照信、S建築快楽主義、T柱、U夢の家、Vドミノ、W歴史意匠、X宮崎駿とスタジオジブリ、Y少女戦争、Z強度ある物語、つまり私たちは多和田葉子だった、文字という悪魔だった、私たちはあなたではなかった、自己消去できるか、命がけのグルグル日記、相手の身になって、ゼロ志向の翻訳作法、ギャグまんが大行進、モグラ、笛の音、にがおえを脱構築する、ポスト・ノイズ、ポスト・デジタル、サウンドピクニック、ブログ、ブロガー、メタブログ、遮光された部屋で、他者としての人形、人形表現、人形愛、ムーンライダーズ、エアーギター、十代に聴かせる、なぜ、なぜ私たちはこんなにも、この小劇場を観よ！ポスト静かな演劇、ドキュメンタリズム、なぜ私たちはこんなにも、居酒屋の片隅で、雑誌の黄金時代、手渡すこと、投壜通信、なぜ、なぜ私たちはこんなにも、オタクVSサブカル！マテリアル・ワールド、悪趣味と前衛、私たちはこんなにも、水木しげる、戦中派の、妖怪の、悪魔くんの、ゲゲゲの、こんなにも、攻殻機動隊、並列化する、尾行する、繋がっている、なぜ、文化系女子カタログ、アカデミシャン女子、バンドギャル、女子オタ、ひとでなし、私たちは、野坂昭如だ！いまこそNOSAKAだ！ここから先、マンガ批評の最前線とニート、文化系ニートとマドンナ、ダンスフロアの反乱と菊地成孔、正装の、あるいは裸の藤田嗣治、二一世紀の美術史と任天堂／Nintendo、コンピュータ・ゲームと西原理恵子、母と古川日出男、ハイブリッドとアーシュラ・K・ル＝グウィン、戦記と理想の教科書、教科書のない教室と稲垣足穂、モダニズムと吉田健一、ダンディズムと大竹伸朗、切手ブームと宮沢章夫、八〇年代地下文化と監督系女子ファイル、ここから先、松本大洋の余白に、戦後日本のジャズ文化は手を取り合って、レオナルド・ダ・ヴィンチという謎に宿る、米澤穂信が向かう先の、ル・コルビュジエが誰よりも良く知っている、上橋菜穂子が問い直す、腐女子マンガ大系のポテンシャルを求めて、石井桃子はまっすぐなまなざしで、大友良英はどこから来たかを、澁澤龍彥の彼方にある、安彦良和の忘却と捏造に抗して、北欧神話の世界へと、ドストエフスキーとその先の半分のために、荒木飛呂彦の奇妙な友情に惹かれあう、森茉莉のたった一人の読者から跳びだした、BL（ボーイズラブ）スタディーズ、ここから、私たちは知っている、南方熊楠を、中島らもを、新しい世界文学を、ジャン・ルノワールを、詩のことばを、ラフマニノフを、マンガ批評の新展開を、スピルバーグを、フェルメールを、太宰治／坂口安吾を、中上健次を、杉浦日向子を、パブロ・ピカソを、母と娘の物語を、初音ミクを、米原万里を、日本語は亡びるのか？諸星大二郎、亡びる、ＲＰＧの冒険、亡びない、坂本龍一、亡びる、クリント・イーストウッド、亡びない、レム・コールハース、亡びる、メビウスと日本マンガ、亡びない、菅野よう子、亡びる、アルフォンス・ミュシャ、亡びない、昆虫主義、亡びる、福本伸行、亡びない、ペ・ドゥナ、亡びる、若冲、亡びない、タランティーノ、

10

白川静
藤田和日郎
中村佑介
森村泰昌
現代ピアニスト列伝
ポン・ジュノ
橋本治

田辺聖子
電子書籍を読む！
10年代の日本文化のゆくえ
…

＊「ユリイカ」二〇〇〇年一月号〜二〇一〇年九月号（増刊号を含む）の目次を利用しました。

みんなの宮下公園

落書き禁止　「きれいなまち渋谷をみんなでつくる条例」　違反者は、処罰されます。　見つけた人は警察に通報してください。／おおむらさきつつじ　つつじ科／ここはみんなの公園です。うらに書いてあるきまりを守って、　みんなでなかよく遊びましょう。／NO NIKE!! ナイキ　悪／ゴミは持ちかえりましょう／水を大切にしましょう／公園はみんなのものだ！ PARK is OURS ／フットサル場 使用上の注意　このフットサル場は、　ゴムチップ入り人工芝を使用しています。きれいな緑と足にやさしい使用感をいつまでも保つため皆様のご協力をお願いいたします。／皆様のフットサル場です。大切に使いましょう。／フットサル場は平成22年4月末まで休場いたします。／防犯カメラ作動中／喫煙所／忘れ物・落し物にご注意ください／ゴミ等はお持ち帰りください／カン・ビン　ペットボトル　その他のゴミ／さんごじゅ　すいかずら科／れんぎょう　もくせい科／渋谷区土木部／不審物を発見したときは、　区役所の公園課又は警察に連絡願います。　なお、　無届で集会等を開くことや、　不法に占用することは禁止します。／消えないで公園／荷物をあずけている方へこの倉庫に荷物をあずけている方は、布テープにマジックで名前を書いてください。名前のない荷物は4/19（月）に別の場所に移動します。／みんなのCAFE　いらっしゃい／わたしたちは、以下の問題があると考え、反対しています。一企業の宣伝・営利に使われること。誰もが憩える公園でなくなること。手続きが不透明かつ非民主的なこと。渋谷区の目的が、公園からの一方的な「ホームレス排除」、街からの「スケーター排除」であること。わたしたちは、この計画の白紙撤回を求め、工事を着工させないために、デモなどを行い、現在テントを張っています。／落書き禁止　落書きは「きれいなまち渋谷をみんなでつくる条例」により禁止されています。違反した場合には処罰されます。／ゴミ出し禁止　集積所は停止中みたいです／このゴミ集積所は停止中です／ゴミは出さないで下さい／NO NIKE／No permitamos que NIKE privatice nuestroparque!／私たちの公園を私物化させない！／KEEP IT MIYASHITA　THE COALITION TO PROTECT MIYASHITA PARK FROM BECOMING NIKE PARK／原宿側へもちろんぬけられます。宮下公園は整備工事の為、平成22年10月末まで通り抜けができません。↑中止　NO PARAN! PASARE MOS! 奴らを通すな！通るのは我々だ！／STOP　宮下公園のナイキ化に反対!!!!!／CHANGE NIKE／宮下公園は~~整備工事~~（開放区）の為、~~平成22年10月末まで~~（永遠に）通り抜けできま~~せん~~（す）。~~平成22年~~（2010年）3月　~~渋谷区公園課~~（人類）／無息　ナイキ／厨房Kichen／私たちは移動等はしません。お前たちは野宿者の意見を聞きなさい。俺は決して署名はしないぞ。／DIE! DIE! DIE! NO! NIKE DEAD／みんなのみやした／WUPASARAN! ナイキをとおすな！／泳げないものは溺れろ　JUST DO IT／NO NIKE／渋谷区はナイキに宮下公園を売るな！／走れないものはどいてろ　JUST DO IT／ナイキパーク工事着工阻止中　2010.3.15以来テント・作品・人などによりフェンス設置を防いでいます。／Our action makes park／PARK IS OURS／払えないものは来るな　JUST DO IT／NO NIKE／公園における禁止事項　1野宿をしてはいけません　2たき火をしたり、火を使ってはいけません　3ゴミ、空き缶等を捨ててはいけません　4樹木を傷つけてはいけません　5集団でさわいだり、他の人の迷惑となることをしてはいけません／宮下公園を壊さないで／ナイキは公園を奪うな／渋谷区による野宿者排除を許さない／持たないものは買え　JUST DO IT／PARK is OURS／フェンス反対／ご自由に、参加して下さい!!／公園はみんなの場所なのだ／渋谷側へぬけられます。

＊2010年4月22日時点に宮下公園内に存在した文字により構成した。

【森永製菓】ウィダーinゼリー180万個無償提供。従業員1名の安否未確認。東北配送センター（宮城県黒川郡）の建物と製品在庫に被害。小山工場（栃木県小山市）において建物及び設備の一部に損傷。小山工場の主要生産品目：チョコボール、キャラメル、エンゼルパイ。おもちゃのカンヅメ発送延期。【ロッテ】コアラのマーチビスケット〈保存缶〉14,000個、キシリトールガム48,000個、のど飴ZERO 48,000個、その他ガムやチョコレート、ビスケットを含め、合計288,000個提供。『ホカロン』1万枚提供。追加提供準備。新宿区が停電地域となった場合ホームページ閲覧不可。【明治ＨＤ】義援金1億円。支援物資対応。以下工場で（一部）操業停止。《菓子》関東工場（埼玉県）、蔵王食品（山形県）※その他物流倉庫被害《医薬品》北上工場（岩手県）、小田原工場（神奈川県）《乳製品》東北工場（宮城県）、守谷工場（茨城県）、栃木明治牛乳（栃木県）《冷凍食品》茨城工場。【ブルボン】新潟県災害対策本部を通じて被災地情報収集。ミネラルウォーター30,000本を被災地域に直接届ける。追加対応。早期復興の初動費用として、1,000万円の義援金。受け入れ態勢が整い次第実施予定。生産拠点における人的および設備等への被害なし。販売拠点における人的な被害なし。【クラシエＨＤ】東北地区の事業所（クラシエホームプロダクツ（株）東北支店、クラシエ薬品（株）東北医薬支店、東北ヘルスケア支店、クラシエフーズ（株）東北支店）の従業員全員の無事を確認。オフィス家具や書類等の散乱、設備の損傷等の被害。むき甘栗を現地災害対策本部と連携をとって提供する。【日清食品】どん兵衛きつねうどん、どん兵衛天ぷらそば、チキンラーメンどんぶり、合計134,400食。東北支店（仙台市青葉区）に現地対策本部。カップヌードルほか100万食。給湯機能付キッチンカー7台順次派遣。行列のできる店のラーメン横濱中華街特濃担々麺、カップヌードルしお発売延期。【エースコック】カップめん1万ケース（12万食）を、救援物資として国土交通省特別便にて緊急提供することを決定した。引き続き更なる支援活動を行っていく。「凄技　新スパイシー味噌ラーメン」、「夜鳴き屋　横浜醤油とんこつラーメン」、「スーパーカップミニ　野菜ちゃんぽん」発売を延期する。【明星食品】（社）日本即席食品工業協会に対し、農林水産省より即席めんの緊急支援要請があったことを受けて、第1回目の救援物資として、以下の商品を提供することを決定した。「チャルメラカップ」84,000食、「一平ちゃん」各種36,000食、合計10,000ケース（120,000食）。【味の素】味の素ｋｋおかゆ5千食、クノールカップスープ10万食、アミノバイタルゼリー15万個、カルピスウォーター500ml 19万2千本、アミノバイタルボディリフレッシュ500ml 4万8千本。特定非営利活動法人ジャパン・プラットフォームを通じて2億円の寄付。だしCafeは臨時休業。【山崎製パン】ヤマザキ『ラブ・ローフ』募金。仙台工場は操業見合わせ。関東地区の複数工場は一時操業停止したが、現在は復旧。全国25工場でフル生産体制。14日まで67万個、15日16万個、16日37万個（予定）、17日32万個（予定）菓子パン・食パン支援。「春のパンまつり」一時休止。【フジパン】3月29日竣工予定だった仙台工場に大きな打撃。関東圏の一部工場で給水等の被害。計画停電のため、発酵工程を要するパン工場で生産能力縮小。原材料供給元被災で一部の原材料が入手不能。ガソリン・軽油等の燃料が不足し商品配送に影響。救援物資の生産・供給を社会的使命と認識し優先。【カゴメ】那須工場、復旧に1ケ月以上の見通し。茨城工場2週間程度。3月13日、発送先：岩手県災害対策本部、野菜生活、野菜一日これ一本、合計55,296本。16日、宮城県青葉合同庁舎、同数。税引き後利益の概ね10％に相当する3億円の寄付を日本赤十字社へ。目標1千万円の社内募金活動。【大塚】関係省庁、各地自治体や対策本部、自衛隊などと連携しポカリスエット、カロリーメイト、クリスタルガイザー、SOYJOY、ボンカレー等、総計約70万食相当の支援を行うことを決定。経口補水液（OS-1※特別用途食品個別評価型病者用食品）といったメディカルフーズ製品等も支援を検討。【キリン】一部従業員安否未確認。ビール貯蔵タンク4基倒壊、津波による製品在庫への影響。ビバレッジ製造工場の大きな被害無。義援金3億円、清涼飲料約20万本など進呈。チャレンジカップ開催中止。ドリームパーティーの一部公演中止。食品開発研究所分析機器破損。シャトー・メルシャン見学休止。【サントリー】義捐金3億円、サントリー天然水（南アルプス）合計100万本（12日に36万本緊急出荷済）。サントリーホール公演中止・延期。夢に挑むコレクションの軌跡展開幕延期。六本木アートナイト中止を受け津軽三味線ライブ、トークライブ、フレンドリートーク中止。4工場は工場見学休止。【コカ・コーラ】飲料30万ケース（500ml換算で720万本相当）を提供する。い・ろ・は・す555ml 15万ケース、森の水だより2ℓ11万、アクエリアス2ℓ3万、爽健美茶2ℓ1万、ボトリング各社による飲料提供、災害対応自販機約150台稼働、義捐金、支援額は合計6億円超になる想定。【ハウス食品】関東工場軽微被害、17日より順次回復見込。他拠点増産検討。支援物資第1弾：レトルト食品、栄養調整食品・スナック菓子、飲料、2：飲むフルーチェイチゴ味、黒ニンニクの力、オー・ザック、スープdeおこげ、介護食用R食品など。合計RC100万個、飲料54万本、義援金1億円。【JT】JTバレーボールオンラインショップ一時中止。3月14日Vリーグ機構理事会開催、全日程の終了決定。JTマーヴェラスは1956年創部以来の初優勝。JTサンダーズは5位。JTアートホールアフィニス各種公演スケジュール変更。義援金3億円寄贈。地域状況等を確認の上、飲料水等の支援。【セブン&アイ】12〜13日、水2ℓ3万本菓子パン千個バナナ14t、毛布90枚、水2ℓ1728本、毛布1万枚ごはん二百g 4800個、給水車1台、食パン4225袋ロールパン1693袋。セブン13日誘導看板消灯15日店頭看板消灯18日日中の空調設備休止、オーナー判断で店内照明OFF。【サークルKサンクス、ユニー】11日災害対策本部立ち上げ、岩手県へ菓子約3万個を12日に新潟県の工場より陸路にて届ける。12日、福島県に水14,400本を、宮城県にお茶・カップ麺・レトルトカレー3万食・マスク907,200枚・毛布千枚など。12〜13日岩手県紅茶缶コーヒー水パン。【ソニー】古くから製造事業所が集約する最重要地域のひとつ。義援金

3億円。全世界の従業員より災害募金を募りその同額を会社からも拠出するマッチングギフト。ラジオ30,000台寄贈。複数の事業所での建物や生産設備への被害、生産設備停止。複数の事業所で自主停電。従業員に重大な人的被害無。【パナソニック】義援金3億円および支援物資としてラジオ1万台、懐中電灯1万個、乾電池50万個の寄付。追加支援としてソーラーランタン（三洋電機製）4,000個。「停電や地震の影響でよくあるお問い合わせ」。2012年度新卒採用の採用選考開始時期を当初予定の4月から6月以降に延期する。【ミニストップ】「災害時における帰宅困難者支援に関する協定書」に基づき首都圏の帰宅困難者へ水道水、トイレ及び休憩場所の提供。水2ℓ 11,520本、菓子パン6千個。現地対策本部設置、24時間体制で全社挙げて復旧活動。当初85店舗営業が16日時点128店まで復旧（東北地方199店）。【ファミリーマート】全国約8200店のマルチメディア端末を利用したFami.ポート募金。計画停電期間中レシート発行、Tポイント、電子マネー、公共料金支払い、宅急便／メール便、コピー／FAX、ATM等サービス停止。福島県、白米510kg。台湾、タイ、ベトナムの約3300店で募金活動。【ローソン】緊急調査応援隊、本部社員100名。13日13：45現在営業中／休業：524／389。九州と京都から2台のタンクローリー。燃料調達。北海道で製造したパンをフェリーで輸送する。関西地方製造おにぎりと中部地方製造パンを航空自衛隊輸送機にて輸送する。18日9時795／116。

私の町

四千の筏を穏やかに揺らす波と赤い鳥居と出漁する船と
収穫までの三年間ロープに吊るされるカキと
放流されるアサリと鮭をつかみどるこどもたちと舞う虎と
鯨が押し寄せて境をなした山と
飲み水や食料を求め入港したオランダの船と島と
千二百年前の姿をとどめた古墳群と製鉄炉跡と
枯れ木に生える椎茸と
かき小屋と銀杏の葉と唯一の高等学校と
樹齢三百年の梅が鮮やかに開く花と
シーツに包まれた添え木とハサミとピンセットと
六台のガス車に乗る七人のタクシー運転手と

ワンボックスカー後部座席に陳列された野菜と果物と鮮魚と
三兄弟にプレゼントされた体操着と
川の水を汲むためのバケツと粉雪の中で祈る僧侶と
泥だらけのハンディカメラに記録された三十分間の映像と
せんべいのあった棚に並ぶジャージや下着と
二十五センチメートル移動した地面と埋められた手紙と
ペンと折り紙の花と夢と
午後三時二十五分に止まった時計の針と駅前のイチョウと
学校新聞に書かれた「海よ光れ」の文字と
最後のマッコウクジラの骨格標本について
ここに書いておく
岩手県山田町
訪れたことのないこの町のすべてを
私は知りたい

自動販売機

私たちはいたるところに立っていた
誰もが私たちを目にしたから誰からも私たちは名指されることはなかった
直線に伸びていく道の果てに私たちはいる
人影のない住宅地の真ん中に私たちはいる
固くそびえたつビル群
鋭く摩擦音が鳴り響く工場
そのおのおのに私たちは自らのありかをもっている
大きな力から独立したオペレーターが遠隔で私たちを管理している
一兆個を超える鉛の粒
彼らが足をとめ移動するための拠点であり結節点だった

四千の私たちは激しく地面が揺れるのに耐えていた
私たちのうちの誰ひとりとして倒れるものはなかった
私たちのうちのいくつかはかつて立っていた場所とは別の場所にいま立っている
けれども私たちのうちの誰ひとりとして倒れるものはなかった
倒れないままに
私たちのうちの多くは水没し動かなくなった
誰にも到達できない場所に立っているものもいる
海岸沿いの地域やその他の入出できない地域
正確な状態がいまだ把握できずにいる

私たちのもとを訪れる三十六台のトラックのうち一台は港にて消失した
運転手の誰もがこの配送が徒労に終わることをわかっていた
なまずくん
私たちのうちの一人はなまずくんと呼ばれていた
不穏な光のメッセージ
誰よりもはやく無償の愛を捧げる
情報と物資が途絶えた時つかの間の役割を終える

対策の一環として管理者が手動で私たちをなまずくんに変えた
契約によって私たちは自らの変身を余儀なくされている
市区町村からの要請は瞬時に私たちへ伝達される
あらかじめ定められた目安には複数の例外事項が書き込まれていた
私たちの頭にくくりつけられたメッセージボード
光のメッセージ
情報よりも早く道を照らす

八〇万の私たち
私たちのうちの半分は一日のすべてから光を奪われ
もう半分は一日のうちの半分から奪われ
１１６７
四台の冷蔵庫を背負ってあなたは走っていった
このまちの病院
このまちの学校
リアカーを押して歩く巡回者たちは定められたボタンを連打し
順々に私たちの内部を入れ替える

つめたい
あたたかい
予想を上回る深刻な事態
つめたい
つめたい
わずかに残された表示だけが私たちの稼動を証しだてた
二五〇万の私たち
私たちの増え続けた二〇世紀に五兆七〇〇〇億の鉛が降る
五六〇万の私たち
私たちの傍らに置かれた鉄製の箱の中にバナナの皮が捨てられているリンゴの皮が捨てられている
カニの殻が捨てられている

冷却と加熱の循環
私たちの識別能力と通信機能の強化がこのまちの悪を駆逐するだろう
Felica、PiTaPa、Suica、Edy
あなたたちの年齢を教えてください
私たちの放つ色彩がこのまちを覆う

ひかりがい
海の底できらきらと瞬く星を見るために私たちは内部スイッチを切り替えた
青く発光する集魚灯
すべてディスプレー部分が散乱し私たちのあかりは順番にさしかえられる
私たちの上半身を覆うパネルは私たち自身を光らせるための力を上空から奪う
緑色の膜に包まれて私たちは上昇を抑えられる

ここにもあそこにもわたししたちはたっている
みんなが見ているから名前がない
どこまでもまっすぐにのびていく道のさいごにわたしたちはいる
みんながいなくなったこのまちの真ん中にわたしたちはいる
ビルは何本も何本もおなじかたちでならぶ
なにかとなにかがぶつかってこすれる音がなりやまない
そこにもどこにでもわたしたちはいる
ちからのないひとが遠くからわたしたちをあやつっている
とてもたくさんのなまりのつぶ
みんながわたしたちのまえでたちどまりまた歩いていく

午前十時から午後九時までの十一時間を三つのグループに分けられる
私たちに直接触れてくる手がある
立っている場所の気温と天候と時間とから算出される映像は
二分ごとに投影され改変され命令する
あなたの顔を見せてください
あなたの顔を記録します
あなたの性別と年齢を推定します
あなたが何をなすべきか教えます
五十六人に一人の確率
私たちにはこのまちの明るさを感知するセンサーが搭載されている
私たちの表面にびっしりとはりめぐらされた真空は私たちを発熱から守る
私たちの内扉が三分以上開放されたとき私たちは自動的に回復するように制御されている

四千ものわたしたちがよりあつまってたえていた
みんながたおれないようにたがいによりかかった
あちらからこちらへすこしだけうごいた

みんなたおれはしなかった
水のなかでじっとまっている
わたしたちはずっとまっている
海が見えるほかになにが見える
いまここにいて正しいのかわからない

鉄の板を切断し曲げ溶接することで私たちの外箱をつくる

つらなって走るトラックは一台ずつへっていく
みんなは運びだされた荷物のうえにすわる
なまずくん
みんながなまずくんの名前を呼んだ
うすぐらい夜の道でなまずくんのからだが光る
だれよりもあいしているだれよりもたすけたい
とぎれるまであとなんにんあとなんかい
わたしたちは決められた順に光るからだを手にいれる
このまちとあのまちの願いをひとしくききいれ

約束をやぶるためのルールをおもいだす
わたしたちのからだがひかる
このまちとあのまちの道が照らされる

タイム

百年か二百年たってもう一度ここに立つ
色鮮やかにひろげられた服の上で跳ね返る波をすくいとって何回も何回も聴いている
ふさがれた耳の奥を逆向きに回転する針は頰から爪へと流れる線をひとつずつぬぐいさる
いつもあるからいつもあったへ移動した街に絶対に誰もたどりついていない誰も何も話しはじめない
ここに窓のある壁を建て
晴れたままの分厚い空からゆらゆらと降る手も足も古く軽くなって短くなって
ドアの向こう草原を吹きぬける息に含まれていた食べ物と生き物と生きていないものの混ざる場所
眠りそれから運動きっと近づいて触れるあらかじめ仕組まれた調律
さようなら手をとって歩くさようなら足音もくしゃみもやわらかい手帳も
始まりもなく終わりもなく手をとって歩くさようなら手をとって
いくつもの外国の名前をささやいたあのとき八歳それから九歳さようなら手をとって歩く

笑っていた隣で笑っていた一回もきらきらと光るチケットを持たせてはくれなかった
つづくつづくバスは走るいつまでもコップの中の水の中のレシートは溶けていくいつまでも
新しい学校いつまでもまだ新しいピンヒールここにいていいのかわからない目の中のビデオカメラ
この部屋の目の中の頭の中のふちの方がかすれてゆっくり消えていく
なめらかな接着剤ふくらんだからだはちょうどいい大きさにおさまって足の裏はぴったりと地面にくっつく
透き通って漂う布よく見えてよく聞こえているおなかがすいているるる
生きているものの一瞬を切り取って生きていないものにする近さで何回も美しいと感じるるる
新しい靴と古い靴を片方ずつ穿いて百秒か二百秒じっと目をつぶりこの眺めを覚えておく
光よりも速い言葉でいまいちばん会いたい人の名前を何回もここに書く
それが本当に私が人間だったとしたらそれがもし私が人間だったならば
赤からオレンジへ黄色へうつりかわる寄せ集めの私は動物でも植物でもなく私は物質でもなく
分散する振動の中で瞬く不規則の意識から独立の特異点の仮の姿を順に塗りつぶしなかったことにして
延々と繰り返され誤って出力され縦軸に横軸に加速する消去され保護される循環する一個の言葉
何回も何回も同じだった何回も形を変え観測され記録されつづける
百台か二百台のマリンバは鳴る太鼓は鳴る正確にリズムを刻むグロッケンシュピール
自転車は走るシンバルは鳴るタンバリンは鳴る悪い夢のような打楽器無限
ジャンプするダンスする向き合ってお辞儀するティンパニとマラカスとヴィブラフォンのトライアングル

ボンゴの地図・コンガの川・シロフォンの博物館・カスタネットの最後の一音
こなごなにちぎれた歌を拾い集め縫い合わせて隅々まで張り巡らせる腕ブラボー
花束をもって立つ三百秒か四百秒の休憩に入りますさあ行くよワンツー
もういいかいまあだだよずっとずっと鬼も幽霊も狼もひとり
昨日何を食べましたか思い出してくださいできるだけ詳しくすぐに忘れてください
一年か二年前ゼンマイ仕掛けの神様のいる庭で誰と何を食べたんだ忘れて
百年か二百年前どこでどんなどうやってゼロ回目のまばたきをしたの猿
たっぷりと眠ったから一日中休みなく走っていられる
世界中の昼と夜と朝を重ね合わせて見上げた空にシュークリーム?カレーライス?
ジグザグに舞い上がる風船を指差して見えなくなるのを待っている
ひねられたスイッチがふるえ塗られたバターが溶けていく午前八時五分前
この床が斜めになってみんなみんなあっちの世界へ流しそうめん
ねえこの弱いからだでどれくらい弱音をはくヘリウムの雨と打たれた傘に録音された弱い声で
鉛筆を持つ手を弾ませて点Aから点Bへ百種類か二百種類の同じ音を並べたんだよ
小さなことばと大きなことばを同じ大きさできれいに並べたんだよ
きみにちゃんとききこえるように明日きみがちゃんと言い訳できるように
一秒か二秒間目をつぶりいまいちばん会いたい人に電話をかけてさようならと言う

百人か二百人の私たちは声たちは同じひとつのからだで立ち上がり歩いていく
消えていく言葉を交換しあって私たちが声たちが生きている時間はいくつなのか
私たちと声たちとあなたたちの間に何回も静かに膜は張られ引き延ばされ光の通路をつくる
集まったからだでどうやってここで語っているのか
複数のいまが平行に並んで交差してゆがめあっている
私の名前をいまからあなたに言う私がどこで生まれたかをあなたの前で言う
百歳か二百歳の私は百年後と二百年後のあなたに言う
点Ａから点Ｂへ線を引く左から右へ上から下へ前もなく後ろもなく
百日か二百日かけてあなたの名前をいまから私に言う
何回も何回も直線を引く曲線を引くその次の線を引く
誰に何を託すのか今日も明日も明後日も全部自分で決めるんだよ
百年か二百年たってもう一度
何回目のまばたきをここにあるからだは生まれてからいままでに呼吸を積み重なる記憶を
はじめましてさようなら
私たちは分け合った時間を持って帰る

Ⅱ　オバマ・グーグル

オバマ・グーグル

バラク・フセイン・オバマ・ジュニア（英語：Barack Hussein Obama, Jr.、一九六一年八月四日－）は、アメリカ合衆国の政治家。第四四代大統領。一・・・オバマは、アフリカ系の姓。ルオ族などで見られる。二・・・政党は民主党。選挙により選ばれたアメリカ史上三人目のアフリカ系上院議員（イリノイ州選出、二〇〇五年－二〇〇八年）。二〇〇八年アメリカ大統領選挙で当選後、任期を約二年残して上院議員を辞任した。一・・・たった一四分間のこのスピーチには、キング牧師やケネディ大統領のスピーチを十分に研究した構成、候補者指名と大統領選挙を見越した戦略性、そして浮動票に訴える強いメッセージ性のすべてが入っていてうならされます。三・・・アメリカ大統領としては初のアフリカ系・一九六〇年代以降生まれ・ハワイ州出身者となる。一・・・政治的な内容はさておき、この完璧なスピーチの何がすごかったのかを分解してみます。三・・・今週号の表紙において毎年恒例の「Man of the Year」にブッシュ大統領を選んだタイム誌に対抗してか、ニューズウィークは最新号で「次に来るのは誰か」と題して表紙にイリノイ州選出の新人上院議員にして「政界のタイガー・ウッズ」とも呼ばれるバラック・オバマ議員を登場させた。七・・・なお、宣誓に用いた聖書は事前にエイブラハム・リンカーン第一六代大統領が一八六一年の一期目の就任式で使用した聖書を用いると発表した通りオバマ大統領夫人（ミシェル・オバマ）が紫色の包みにて持参。一・・・約一四分間のスピーチは全部で四ヶ所に分かれています。三・・・わたしがこの政治家を知ったのは春頃に偶然聞いたラジオインタビューによってだったが、最初に感じた印象は「クリントンの再来だ」というものだった。七・・・アメリカは、あらゆることが可能な国です。それを未だに疑う人がいるなら、今夜がその人たちへの答えです。建国の父たちの夢がこの時代にまだ生き続けているかを疑い、この国の民主主義の力を未だに疑う人がいるなら、今晩こそがその人たちへの答えです。八・・・父オバマ・シニアはイスラム教徒（ムスリム）であり、イスラム教の戒律（イスラム法）では「ムスリムの子は自動的にムスリムになる」とされているが、オバマ自身は現在キリスト教徒（プロテスタント）であると表明している。オバマは自伝で、「父はムスリムだったが殆ど無宗教に近かった」と述べている。一・・・「あなた」＝「聴衆」に主眼をおくことで、聞き手を引き込むテクニックです。また、ここでは時制は「完了形」であることにも注目です。三・・・クリントンと言えば、少なくとも一九九四年に中間選挙に敗北して実権を奪われるまでは「あなたがたの痛みはよく分かっている」という白々しい決めゼリフを真摯なものであると信じさせる包容力のあるカリスマ性を持っていたが、それと同種のカリスマをオバマ議員には強く感じる。七・・・並んだ人たちは三時間も四時間も待っていた。人によっては生まれて初めての経験でした。今度こそは違うと信じたから、今度こそ自分たちの声が違う結果を作り出せると信じたから、だからみんな並んだのです。八・・・オバマ氏、携帯所持ＯＫでひと安心九・・・在学中はバスケットボール部に所属し、高校時代に飲酒や喫煙、大麻やコカインを使用したと自伝で告白している。一・・・これはスピーチの最後にもごもご謝辞を言わなくてすむようにするためであるとともに、観衆に声援を送らせて話題を切り替えるチャンスを作る、構成上の一石二鳥のテクニックです。三・・・いきなり過大な期待を持たれるのはオバマ議員自身にとって迷惑なはずだ。だいたい上院というのは年功序列・馴れ合い主義の世界であって、一年生議員が何か派手なことをやろうとしても潰されるに決まっている。七・・・老いも若きも、金持ちも貧乏人も、そろって答えました。民主党員も共和党員も、黒人も白人も、ヒスパニックもアジア人もアメリカ先住民も、ゲイもストレートも、障害者も障害のない人たちも。アメリカ人はみんなして、答えを出しました。アメリカは今夜、世界中にメッセージを発したのです。八・・・「私が大統領に選出されれば国際的な核兵器禁止を目指す」とも発言しており、「ロシアと協力し、双方の弾道ミサイルを一触即発の状況から取り去る方針だ。まずは、兵器製造に転用可能な核分裂性物質の生産を世界的に禁止することから始める。そして、米ロ間の中距離ミサイル禁止を国際的に拡大することを目指す」と具体的な内容にも言及している。一〇・・・なお、二〇〇〇年には連邦議会下院議員選挙に出馬したがオバマを「黒人らしくない」と批判した他の黒人候補に敗れた。一・・・ここから文の主語が少しずつ「あなた」から「私たち」にシフトしています。また、聴衆に私が大統領になれば未来はこうなるだろう、という具合に文の時制が「未来」にシフトします。三・・・次回二〇〇八年の選挙で副大統領候補にと言う人もいるが、冗談じゃない。オバマは将来絶対に必要な人材なんだからこそ、最低でも三期くらいは上院でじっくり経験を積んでもらわないと困るんだ。七・・・私たちは今も、そしてこれから先もずっと、すべての州が一致団結したアメリカ合衆国（United States of America）なのです。八・・・間違っているオバマが勝ち、正しいマケインが負けそうな件二・・・アフリカ系上院議員としては史上五人目（選挙で選ばれた上院議員としては史上三人目）であり、この時点で現職アフリカ系上院議員はオバマ以外にいなかった。一・・・「いつかこの日を〇〇の始まった日だと思い出すだろう」という文章を繰り返すのは、キング牧師の有名なI have a dreamのスピーチにもみられる技法で、単純なメッセージを繰り返すことで共感のクレッシェンドを高めていき、最後に一気に結論になだれ込むというものです。三・・・ほんの数年前、大統領の座に一番近い黒人はといえば、みんながコリン・パウエルだと思っていた。七・・・サーシャとマリーア。君たちにはちょっと想像もつかないほど、お父さんは君たちを愛しているよ。君たちふたりもがんばったから、約束した通り、ホワイトハウスには、新しく飼う子犬を一緒に連れて行けるよ。八・・・金融システムの安定策を政治の駆け引き、人気取りの道具に使うべきじゃない。二・・・アフリカ系アメリカ人で初のアメリカ大統領を目指す男、バラク・オバマ初の自伝。アフリカ系黒人の父とアメリカ人の白人の母を持つ著者は、黒人として生きる自分の人生の意味を探していた。二・・・本人は当初出馬を否定していたが、二〇〇六年一〇月にNBCテレビのインタビューに「出馬を検討する」と発言した。翌二〇〇七年一月に、連邦選挙委員会に大統領選出馬へ向けた準備委員会設立届を提出、事実上の出馬表明となった。そして二〇〇七年二月一〇日に、地元であるイリノイ州の州都のスプリングフィールドにて正式な立候補宣言を行った。一・・・ヒラリー上院議員に対して劣勢だといわれていたオバマ議員の躍進でずいぶん面白いことになってきました。三・・・バラック・オバマは間違いなく将来の大統領候補だと思う。でも、今のところ彼は議会内序列九九位の一年生議員でもあるんだ。本当にオバマが語る「希望」に賭けるのであれば、短期的に過剰な期待をかけるのはやめて、彼が本当の意味で頭角を表すまで待ってみようよ。七・・・このために集められた、政治史上最高のチームに。この結果はみなさんのおかげです。この結果を生み出すために、みなさんはたくさんのことを犠牲にしてきた。私はみなさんにいつまでも感謝し続けます。八・・・現状の金融危機を回避するには、もう「公的資金の注入、銀行の合併、国による不良債権の一括買取り」は避けれないし、避けるべきじゃないし、即座に行うべきだってことです。現状、これしかないんです。二・・・鋭敏な感性が切り取った、叙情的で感動的な物語。二・・・ケニア人の父と白人の母を持ち、ハワイ、インドネシアで学んだ幼少時代。そして米国の地で政治家を志すまでのおいたちを小学生向けにわかりやすく刊行。三・・・ヒラリー・クリントンと、夫で元大統領のビル・クリントンが、「クリントン大統領、オバマ副大統領」の政権構想を民主党内やマスコミに対して一方的に喧伝し始めた。これに対してオバマは「なぜより多くの支持を得ている私が副大統領にならなければいけないのか理解できない」と拒否した。一・・・ボランティアとなって組織を作って活動した、何百万人というアメリカ人から力を得ました。八・・・今は、とにかく、金融危機の回避に全力を注ぐべきなんです。それだってのに、なんですか、あの体たらくは。しかも、間違った政策を押し通そうとしているオバマが人気とかありえない。これが何より最悪です。一二・・・オバマのスピーチライターは二六歳一四・・・予備選の最中に、二〇〇六年に次いでグラミー賞朗読部門賞を受賞している。一・・・これはみなさんの勝利です。八・・・しかも、見物人気分の人が多すぎる。一二・・・オバマ候補の acceptance speech は素晴らしかった。特に、最後のほうで一〇六歳の黒人女性（Ann Nixon Cooper）の目を通して一世紀に渡る世界の歴史を俯瞰しつつ未来への意志と希望（yes we can）につなげる、という部分の時空を超えたスケール感は圧倒的だった。一四・・・名称変更のお知らせ「オバマ候補を勝手に応援する会」は二〇〇八年一一月一〇日をもちまして「オバマを勝手に応援する会」に名称変更させていただきました。ますます、パワーアップして「オバマ」を盛り上げていきたいと思っております。今後ともよろしくお願いします！一八・・・オバマが大統領当選後、アメリカ国内で銃器の売り上げが一時急増したという。これはオバマや副大統領候補のバイデンが銃規制に前向きであると見られていたからであり、オバマ政権発足後の銃規制強化を懸念した人々からの注文が増加しており、ライフルや自動小銃の売り上げが伸びているという。一・・・ふたつの戦争。危機にさらされる惑星。一〇〇年来で最悪の金融危機。八・・・今の世界経済は、アメリカが貿易赤字を垂れ流してくれることが前提のゲームをしているんです。でも、今回の危機のせいで、その前提が崩れつつある。一二・・・もちろんこの種の練りに練った演説は本人だけで作れるものではない。優秀なスタッフの尽力があればこそだ。いったいどんなスピーチライターが関わっているのかと調べてみたら、Adam Frankel という二六歳（！）の人がいて、しかもケネディ大統領の特別顧問だった Ted Sorensen の薫陶を受けているらしい一四・・・一月二〇日（火）、アメリカ大統領就任式を祝い、祝賀会を開催しました。寒空の下、海外の方を交えた二〇〇名もの方々の熱気が溢れていました。『世界の平和』を願う鐘の音が静かに夜空に鳴り響き、次いで、小浜第九合唱団有志五〇名による第四楽章『歓喜の歌』が高らかに力強く合唱、生きる喜びを伝えてくれました。長野オリンピック開会式において、『歓喜の歌』が世界五大陸、六ヶ国、七箇所で同時に歌われたことを思い出しました。一八・・・大統領選が終わった後、オバマ陣営は直ちに専用サイト“Change.gov”を立ち上げた。ここで、毎週、オバマ次期大統領はYouTubeを使い、重要な政策方針を矢継ぎ早に動画を交えて発表している。一九・・・「オサマ」と呼び間違えられることがある。過去にCNNやテッド・ケネディ上院議員、二〇〇七年一〇月にはミット・ロムニー前マサチューセッツ州知事がアメリカ同時多発テロの首謀者のオサマ・ビンラディンを説明中にうっかり言いまちがえている。一・・・しかしアメリカよ、私たちは絶対にたどり着きます。八・・・今、世界でドルが暴落し、アメリカの消費力が落ちたら、冗談抜きで世界恐慌になりかねないんです。そのくらい、タイミングが不味い。二一・・・個人的なお話で申し訳ございません。愛娘が晴れて、成人式を迎え、今、家族が揃い娘の成長を喜んでいます。成人式を迎えるにあたり、私自身がオバマ活動に専心する理由、一方で苦しんでいた事実をお話させていただきます。一八・・・「新政権は国家ブロードバンド戦略の策定を二〇〇九年の最優先事項にすべき」との内容を盛り込んだ“Call to action”「行動要請」を策定、五七の企業・団体が署名し、報道発表した。一九・・・YouTubeに動画ダウンロード機能追加、オバマ氏の公式動画で表示二〇・・・二〇〇八年六月頃から主に若者のオバマ支持者の間でメールアドレス、Facebookなど一部のSNSや会員制サイトのハンドルネーム、また買い物の会員カードなどその他名前を登録するあらゆる機会においてミドルネームにフセインと入れる、いわゆる「フセイニアック現象」が起こり、選挙前にはその盛り上がりがピークを見せた。元々イスラム教に由来するこの名前は、イスラム教徒に限らずあらゆる人種や家系や宗教の若者の間でオバマへの支持を表明する手段となった。一・・・みなさんに約束します。私たちは、ひとつの国民として、必ずたどり着きます。八・・・これはひどいですね。日本では大統領選に関する情報が少ないので、内容については気をつけて書いて頂きたいです。[二一]・・・決して、バラク・オバマ氏と名前が同じだから・・という理由だけで行動しているものではありません。私自身も大病で倒れ、奇跡的に生き返り、オバマ活動やフラを通じて、復活の力を戴きました。[一八]・・・広大な米国の国土において、電話網を維持するには大変なコストがかかる。[一九]・・・オバマ風のかっこいいポスターが作れる『Obamicon.Me』[二二]・・・二〇〇八年アメリカ合衆国大統領選挙後に麻生太郎総理大臣との電話会談にて、「小浜市については知っている」と述べた。[八]・・・この国の私たちは、ひとつの国として、ひとつの国民として、共に栄え、共に苦しむのです。[一]・・・本当の問題は国民にベイルアウトが批判されている点です。細かい問題はあれど、ベイルアウトは金融政策上必要であるにもかかわらずアメリカ国民には理解されていません。この点において二大政党の候補が共にベイルアウトを支持していることは幸運ではないでしょうか。[二一]・・・古くより小浜市民が持ち合わせている『異質なものへの理解と寛容の精神』により共に力をあわせ、街の自立を目指した二〇〇八年。そして、市民総出の運動成果により小浜に多くのお客さんをお招きすることが出来ました。そうだ！私たちはやったのだ！[一八]・・・ところで、オバマ政権の一つの特徴は、シリコンバレーの強い支持を受けているということにある。例えば、グーグルのシュミット会長は、政権移行経済諮問委員会のメンバーだ。そして、こうしたシリコンバレーが強く主張するのが、ネット中立性の確保という議論だ。[十九]・・・使い方は簡単。好きな写真に好きなメッセージを入れられますよ。[二一]・・・オバマ氏の米大統領就任が近づくにつれ、同名のよしみで応援する福井県小浜市に「オバマ氏へ渡してほしい」との贈答品や市への激励品が続々と寄せられている。市は好意を無にするわけにもいかず受け取っているが、オバマ氏に贈る手だては今のところなく、対応に苦慮している。[二三]・・・演説の巧みさには定評があり“we”（我々）、“you”（あなた）を多用した短いフレーズを重ねていく手法を採用している。とりわけ「Change」（変革）と「Yes, we can.」（私たちはできる）の二つのフレーズは、選挙戦でのキャッチコピーとして多用された。一・・・この国から遠く離れたところで今夜を見つめているみなさん。外国の議会や宮殿で見ているみなさん、忘れ去られた世界の片隅でひとつのラジオの周りに身を寄せ合っているみなさん、私たちの物語はそれぞれ異なります。けれども私たちはみな、ひとつの運命を共有しているのです。アメリカのリーダーシップはもうすぐ、新たな夜明けを迎えます。八・・・ブログ主さんに対する批判が多い様ですが、大筋に於いて彼の理論は冷静且つ正確だと思います。一一・・・予備選においては意識的に自らの人種を強調しない戦略をとったにもかかわらず、オバマ一家と関係の深いジェレミア・ライト牧師が白人を敵視するかのような発言を繰り返すなど選挙戦でも人種問題と無関係ではいられない状況にあった。一・・・州議会議員の他は上院議員一期だけという政治経歴は例外的に短い。このことは「既成の体制から自由である」という清新なイメージを与える点で大きな強みとなるが、一国の大統領として国家を運営していけるかという根強い懸念を生んでおり対抗馬による攻撃対象の一つとなっていた。一・・・この世界を破壊しようとする者たちに告げる。われわれはお前たちを打ち破る。八・・・二〇〇八年に吹いた『ちりとてちん』景気、『オバマフィーバー』は小浜市に賑わいをもたらしました。二〇〇九年も、イキイキワクワクするような街になれば嬉しい。『おばま、大好き!』と叫ぶ人たちで溢れる街になれば、嬉しい。一八・・・ネット中立性とは、インターネットの利用者がコンテンツやアプリケーションに自由にアクセスできるような環境を確保することをいう。例えば、通信会社が自分と資本関係のあるコンテンツに限ってスイスイ見られるようにして、商売敵のコンテンツは帯域を絞ってしまえ、という行動を採るとすれば、ネット中立性確保の観点からは認められない。一九・・・変換完了!ドラッグして位置を調節できます。メッセージも入れられますよ。二一・・・日本能面美術協会(京都市)の副会長は「オバマ能面」を企画。二二・・・父はケニアからの留学生の黒人で、母はカンザス州生まれの白人。二つの大陸から来た二人が、太平洋の真ん中のハワイで出会い、オバマ氏が生まれた。両親は「祝福された」という意味の「バラク」というアフリカ系の名前を与えた。二三・・・ただ一つだけ、ほかの人と違うことがあります。アン・ニクソン・クーパーさんは一〇六歳なのです。八・・・一八六八年に移住が始まり、一四〇年が経過するハワイで、私たちは福井県人会の方々とお話をする機会を得ました。そして、『おばまガールズ』のステージを、笑顔で応援して戴きました。一八・・・オバマ政権は、ネット中立性を法制化するという方向性を支持している。他方、通信会社やケーブル会社といったインフラ事業者は「余計な規制には反対」という姿勢。オバマ新政権は、経済刺激策としてのブロードバンド基盤整備を挙国一致体制で進めるためには、通信会社などインフラ事業者の支持も欲しいところ。ここでも、オバマ新政権は微妙な政治判断が求められるだろう。一九・・・市へのプレゼントも多く、福井市の陶芸家は「ＯＢＡＭＡ」と刻印した陶器製の青い鈴（高さ八センチ）五〇個を寄せた。オバマ氏の肖像画を描いて贈呈した画家も二人いる。二二・・・小学校の作文には「米国の大統領になりたい」と書いていた、と当時の教師は振り返る。二三・・・アメリカの大統領予備選は、いつのまにかオバマがトップランナーになったようだ。ネット賭博のオッズも、ヒラリーの三四にたいして、オバマが六三と大差がついている（二二時現在）。二四・・・Yes we can. 私たちにはできるのです。八・・・情報通信技術の活用という面で、オバマ政権がなかなか挑戦的であることに注意が必要だ。もともとオバマ陣営は、大統領選の過程からインターネットや携帯電話を巧みに使った戦略を展開してきた一九・・・日系や中国系、白人、黒人、先住民が一緒に暮らす多様性の島で、異なる人種、民族に寛容な「アロハ・スピリット」は自然と身についた。二三・・・ニューハンプシャーの討論会でもオバマが優勢で、ヒラリーは司会者に「世論調査では、あなたは経験豊かだが好感度で劣る」といわれて「傷つくわ」と答えている。二四・・・当地のショップには一七日、オバマ人形をはじめ、オバマ氏の顔や名前をプリントしたティーシャツや帽子、ショットグラスなどが並び、就任に先駆けて売り出されていた。二五・・・そして今年、この選挙で、彼女は指でスクリーンに触れ、そして投票したのです。[八]・・・オバマ陣営の選挙公約には、「ブッシュ政権は歴代もっとも秘密主義で閉じられた政権」であり、「米国の進歩は、政治的なキャンペーンに何百万ドルものお金を使うことや、政府と産業界の回転ドア、限られた人たちしか内部情報にアクセスできないことなどによって妨げられてきた」と記されている。その上で、新しい民主主義を創造するために、（a）政府情報のオンライン上での公開、（b）政府の意思決定プロセスをオープン化し、国民が広く参加できる実験プロジェクトの実施、（c）法案に大統領が署名する五日前までに国民にコメントできる機会を付与、といった項目が並んでいる。連邦政府全体の電子政府化を進めるために、新たにＣＴＯ（Chief Technology Officer）のポストを設けるという計画もあり、「一体誰が就任するのか?」に関心が集まっている。[一九]・・・レッシグも、とにかく変化が大事だという立場らしい。他方、経済学者のコメントは醒めていて、マンキューの感想は「地球温暖化対策については全候補者が排出権取引を支持している（経済学がわかってない）が、一番ましなのがオバマで最悪がヒラリー」。[二四]・・・また、幼児教育の拡大を実行したほか、死刑囚の冤罪のケースが続出した後に、法執行当局者と協力して、死刑判決のすべての事例において尋問と自白をビデオ録画することを義務付けた。[二六]・・・もしも自分の子供たちが次の世紀を目にするまで生きられたとしたら。もしも私の娘たちが幸運にも、アン・ニクソン・クーパーさんと同じくらい長く生きられたとしたら。[八]・・・一〇代のオバマ氏は陽気で背が高いバスケットボール選手だったが、文芸クラブで詩を書く内省的な一面も。[二三]・・・意外に大きいのは、今度ヒラリーが選ばれると、ブッシュ家とクリントン家が交代で最大二八年間も大統領をやる、という「ブッシュ＝クリントン王朝」批判ではないか。[二四]・・・ありがとう。神様の祝福を。そして神様がアメリカ合衆国を祝福しますように。[八]・・・母はインドネシア人と再婚し、六歳のオバマ氏は母と二人、インドネシアに移り住んだ。ジャカルタの家の近くのモスクでムスリム（イスラム教徒）の友だちと遊び、巻きスカートのような衣装も身につけた。ただ、礼拝には参加せず、近所の人は

「あの子はムスリムじゃない」と断言する。二三・・・オバマ上院議員提出の法案のうち、上院で初めて可決されたものは、共和党のトム・コバーン議員との共同法案で、すべての米国民が自ら納めた税金の使い道をオンラインで詳しく調べられるようにすることで、政府に対する信頼を取り戻そうとするものだった。二六・・・市民の皆さん。私は今日、我々の前にある職務に対して厳粛な気持ちを抱き、あなた方から与えられた信頼に感謝し、我々の祖先が支払った犠牲を心に留めながら、ここに立っている。二七・・・大量破壊兵器によるテロの脅威を認識して、共和党のディック・ルーガー上院議員と共にロシアを訪れ、全世界で破壊兵器を見つけ出し、それを管理することを目的とする新世代の拡散防止活動を開始した。また、米国の石油依存によって国家の経済と安全保障が危機に直面していることも認識し、自動車メーカー、労働組合、農家、企業、そして両党の政治家を結束させて、代替燃料の利用拡大と自動車の燃費基準の引き上げを促進しようとしている。二六・・・ずっとそうやってきた。この世代の米国人も同様にしなければならない。二七・・・さて、有名人のデジカメ写真が公開された時にまずすべきことはなんでしょう? もちろんExifデータの確認です。撮影日時は二〇〇九年一月一三日、一七時三八分。一〇五mmレンズで、露出時間は一／一二五秒、F値は一〇・〇。ＩＳＯは一〇〇、フラッシュはなし。そして注目のカメラはキヤノンEOS 5D Mark IIでした。三〇・・・ハリケーン・カトリーナで明らかになった貧困、ダルフールの虐殺、そして政治における信仰の役割など、二一世紀の米国を定義するさまざまな課題について、バラク・オバマは堂々と意見を述べ続けている。しかし、こうしたすべての業績と経験にもまして、彼が最も誇りとし感謝しているのは、家族の存在である。妻ミシェルと、二人の娘マリア（一〇歳）とサーシャ（七歳）は、シカゴのサウスサイドに住んでいる。二六・・・これらは、データと統計に基づく危機の指標だ。予測は困難だが、間違いなく深刻なのは、我々の国土に広がる自信の喪失や、米国の凋落は避けがたく、次の世代はうなだれて過ごさなければならないというぬぐいがたい恐怖だ。二七・・・キヤノンのみなさまは「ホワイトハウスも愛用」とアピールのチャンスです。三〇・・・オバマ氏が愛用しているのは厚さ一四mmでマルチバンド、GPSやWiFi、Bluetooth等を搭載する多機能かつスタイリッシュな黒苺"BlackBerry 8830"。米国政府で無線通信機器を利用する際にはアメリカ国家安全保障局（NSA, National Security Agency）が策定した政府・軍事用暗号アルゴリズムType1を利用し、安全な秘匿通信を実現する規格SME-PED（Secure Mobile Environment Portable Electronic Device）に準拠している必要があるのですが、BlackBerryはその条件を満たす事ができないため、愛機を手放すか、SME-PEDを満たすスマートフォンに乗り換える必要が生じているわけです。三二・・・今日、私はあなた方に告げる。我々が直面している試練は本物だ。試練は深刻で数多い。試練は容易に、または、短い時間で対処できるものではない。しかし、米国よ、わかってほしい。これらの試練は対処されるだろう。二七・・・そのオバマ氏が主人公になりステージを進めていくゲームが、この「SUPER OBAMA WORLD」。各所にオバマ氏の発言に関係したものも登場し、知っている人が見るとくすっと笑ってしまいます。三二・・・この日、我々は、恐怖ではなく希望を、紛争と不一致ではなく目標の共有を選んだため、ここに集った。二七・・・名前からして「SUPER MARIO WORLD」をまねているのがよく分かりますが、非常に良くできています。当たり判定が非常に厳しく難易度は高めで、クリアするのに根気がいります。三二・・・iPhoneからUstreamでオバマの就任式を見よう三三・・・この日、我々は、我々の政治をあまりにも長い間阻害してきた、ささいな不満や偽りの約束、非難や言い古された定説を終わらせることを宣言する。二七・・・編集部員はあまりの難易度の高さに挫折。当たり判定が厳しく、真上から敵を踏まないとやられてしまいます。三二・・・このアプリの発表のタイミングは完璧だ。オバマの大統領就任式が一月二〇日に控えている。このアプリをインストールしておけば、テレビやコンピュータの前にいなくても、どこにいようと就任式の模様をライブで見ることができる。歴史の一ページが作られるのを目撃することができるのだ。三三・・・ここ三年、正月のたびに総理が違うという、とんでも状況が続いてますが、それが見事な追い風になっているニュースペーパーの皆さん。[三四]・・・むしろ、我々の旅は、危機に立ち向かう者、仕事をする者、創造をしようとする者のためのものだ。それらの人々は、著名な人たちというより、しばしば、無名の働く男女で、長い、でこぼこした道を繁栄と自由を目指し、我々を導いてきた人々だ。[二七]・・・ちなみに以下のサイトでTシャツやパーカーなどの「SUPER OBAMA WORLD」グッズが販売されていました。[三二]・・・バラク・オバマ（Barack Obama）次期米大統領に関連したものなら何でも欲しいというオバマ氏の熱狂的なファンに向けて、埼玉県のゴムマスク・メーカーが、オバマ氏とうり二つに変身できるマスク数千個を販売している。[三五]・・・我々のために、彼らは、（独立戦争の戦場）コンコードや（南北戦争の）ゲティスバーグ、（第二次大戦の）ノルマンディーや（ベトナム戦争の）ケサンのような場所で戦い、死んだ。[二七]・・・日本有数のゴムマスク・メーカー、オガワスタジオ（Ogawa Studios）は、二〇日の大統領就任式に向け、オバマ氏のマスクを一日に三〇〇個のペースで急ピッチで製造している。[三五]・・・我々の野望の大きさについて疑念を抱く人がいる。我々のシステムは多くの大きな計画に耐えられないと指摘する人もいる。だが、彼らは忘れている。彼らはこの国が何を成し遂げたかを忘れている。想像力が共通の目的と出合った時、必要が勇気と結びついた時、自由な男女が何を達成できるかを忘れているのだ。[二七]・・・オバマ氏のマスクは一ヶ月で二五〇〇個売れる大ヒット商品だ。米国製のオバマ氏のマスクと比べても同社のものが一番優れているという。オバマ氏の就任式に誰かがマスクを着用してくれるのを楽しみにしていると、Yagihara氏は語っている。[三五]・・・まだどこかに、アメリカという国ではどんなことでも起こりうるということが信じられない人がいるのであれば、アメリカ建国の理念が今日も生きていることにまだ確信が持てずにいる人がいるのであれば、アメリカの民主主義の力に疑問を呈する人がいるのであれば、今晩がその答えだ。[三七]・・・我々の共通の防衛については、安全と理想とを天秤にかけるという誤った選択を拒否する。

我々の想像を超える危機に直面した建国の父たちは、法の支配と国民の権利を保障する憲章を起案した。憲章は、何世代もの犠牲によって拡充された。これらの理想は、今日でも世界を照らしており、我々は都合次第で手放したりはしない。[二七]・・・今までの最大のヒットは小泉純一郎（Junichiro Koizumi）元首相のマスクで、ライオンのたてがみのような派手な頭髪を模したマスクは三五〇〇個を販売した。しかし、小泉氏の後継者だった安倍晋三（Shinzo Abe）元首相のマスクは大失敗で、約六〇〇個しか売れなかった。安倍氏は、参院選の大敗を受け、就任後約一年で首相を辞任した。[三五]・・・サーシャとマリア、二人とも愛しているよ。約束どおり、ホワイトハウスに連れて行く子犬を選ぶといいよ。[三七]・・・これまでの行動を見ても、オバマ次期大統領がリンカーン大統領に対し、最大の敬意を示していることは、言うまでもない。今回の大統領就任式の宣誓で、リンカーン大統領が就任式で宣誓した聖書を用いるのだ。[三八]・・・我々は、この遺産の番人だ。こうした原則にもう一度導かれることで、我々は、一層の努力や、国家間の一層の協力や理解が求められる新たな脅威に立ち向かうことができる。我々は、責任ある形で、イラクをイラク国民に委ね、苦労しながらもアフガニスタンに平和を築き始めるだろう。古くからの友やかつての敵とともに、核の脅威を減らし、地球温暖化を食い止めるためたゆまず努力するだろう。[二七]・・・安倍元首相の後継者で、地味で不人気の福田康夫（Yasuo Fukuda）前首相については、製造の検討もしなかったという。[三五]・・・この先の道は長く、勾配は険しい。一年では辿り着けないかもしれないし、一期でも難しいかもしれない。だが、アメリカよ、私は今晩ほど希望を抱いたことはかつてない。私は貴方たちに約束する。我々は必ず成し遂げる。[三七]・・・その就任式を前に、今米国で話題になっているのが、就任演説で、リンカーン大統領の演説の一節を引用するかどうかだ。オバマ次期大統領は、これまでリンカーン大統領の演説を引用することはなかったからだ。[三八]・・・二〇〇七年に、オバマの勝利を予想する向きは少なかった。歴史の歯車が動き始めたのは、アイオワ州だった。二〇〇八年一月、この地でオバマは劇的な勝利を飾った。わずか三〇〇日前の事である。そして、史上まれに見る激戦がスタートした。全米を巻き込んだ選挙戦は、各地で多くのドラマを生み出し、そして再び中西部のシカゴで幕を閉じた。世界が注目した《三〇〇日戦争》。三九・・・我々は、我々の生き方について謝らないし、それを守ることを躊躇（ちゅうちょ）しない。二七・・・しかし、現職の麻生太郎（Taro Aso）首相では、ヒットを飛ばした。Yagihara氏は、麻生氏のトレードマークである皮肉にゆがんだ笑みをかたどったマスクを眺めながら、麻生氏も低い支持率に苦しんでいるが少なくとも個性があると話す。三五・・・私は貴方の言うことを聞く。同意が得られない場合には特に良く聞く。三七・・・白人の母と黒人の父の間に生まれ、ハワイで育ったオバマ次期大統領は、イリノイ州最大の都市、シカゴを拠点にしたのには意味がある。イリノイ州の州都スプリングフィールドはリンカーン大統領の選挙区だったこともあり、シカゴは、黒人にとっての〝現代の聖地〟なのである。三八・・・サルがふんする大統領候補が「チェンジ！」と聴衆に呼びかける。こんなCMを制作した日本の携帯電話会社イー・モバイルに対して、米国初の黒人大統領を目指す民主党のオバマ上院議員を連想させ、「人種差別にあたる」という批判がインターネットのブログを通じて相次ぎ、同社が先月末にCM放映を中止していたことが分かった。四〇・・・テロを引き起こし、罪のない人を殺すことで目的の推進を図る人々よ、我々は言う。我々の精神は今、より強固であり、壊すことはできないと。あなたたちは、我々より長く生きることはできない。我々は、あなたたちを打ち破るだろう。二七・・・マスクの新開発に目を配っているYagihara氏によると、オバマ氏に匹敵する顔は日本の政治家の中にはないそうだ。三五・・・そして、今でもアメリカはそれほど輝いているのかと疑問に思う者よ。我々の強さの源は軍事力でもなく、尽きることない理念、すなわち、民主主義、自由、機会、絶えない希望なのだということを、今晩我々は今一度証明したのだ。三七・・・CMは「新ケータイ候補　イー・モバイル」の文字とともに、スーツ姿のサルが選挙集会の演壇に登場。オバマ陣営の合言葉「Change（変革）」というプラカードを掲げる支持者に、携帯電話の「チェンジ」を呼びかける内容だ。[四〇]・・・激しい選挙戦でオバマ氏を押し上げたのは、アフリカン・アメリカンにルーツを持つ「ヒップホップ文化」を受容してきた新しい世代の支持者たち。彼らは〝ヒップホップ大統領〟の誕生に熱狂する。[四一]・・・我々のつぎはぎ細工の遺産は強みであって、弱みではない。我々は、キリスト教徒やイスラム教徒、ユダヤ教徒、ヒンズー教徒、それに神を信じない人による国家だ。我々は、あらゆる言語や文化で形作られ、地球上のあらゆる場所から集まっている。[二七]・・・だが、今晩私の頭にあるのはアトランタで投票した女性の物語だ。彼女は、選挙を通じて声を届かせようと列に並ぶ何百万人もの人々となんら変わる所はない。唯一つ、アン・ニクソン・クーパーが一〇六歳だということを除いては。[二七]・・・ところが、ＣＭの放映が始まると動画サイト「ユーチューブ」に転載され、ブログで日本在住外国人から「人種差別的内容」と批判が続出。例えば、在日アフリカ系外国人のサイト「ブラック・トーキョー」に六月一九日付で、「変革はいいことだが、候補者をサルに見立てるのはノーだ。オバマ氏を連想する私はクレージーだろうか」とイー・モバイルへの抗議を呼びかける投稿が掲載された。[四〇]・・・オバマ氏は一九六一年八月生まれ。高校の最終学年だった七九年に、ニューヨークでヒップホップが爆発的に流行し始め、全米に広まった。コット氏は、「彼は多くの点でヒップホップの申し子だ」と強調する。実際、オバマ氏自身が「ヒップホップが大好き」と語り、日常的にiPodでヒップホップのスーパースター、ジェイ・Ｚらのラップミュージックを聴く。[四一]・・・一二月二七日、イスラエル軍がパレスチナのガザ地区を空爆し、二〇〇人以上の死者が出た。空爆は、イスラエルがエジプト領だったガザを乗っ取った第三次中東戦争（一九六七年）以来の大規模なものだ。イスラエルのバラク国防相は、空爆だけでなく、近いうちに地上軍侵攻も行わざるを得ないだろうと表明している。イスラエル軍は、戦闘の拡大と長期化を準備している。今回のガザ戦争は、短期間に終わりそうもない。[四二]・・・我々と同じように比較的満たされた国々よ、我々が国境の向こう側の苦悩にもはや無関心でなく、影響を考慮せず世界の資源を消費することもないと言おう。[二七]・・・人類が月に到達し、ベルリンの壁は崩され、我々の科学と創造力によって世界中が結ばれた。今年、この選挙で彼女は指でスクリーンに触れるだけで投票した。一〇六年もの間アメリカで生活し、最良のときも最悪のときも経験してきた彼女は、アメリカがいかに変われるかを知っている。[三七]・・・イー・モバイルのエリック・ガン社長は「米大統領選からのアイデアをコピーしただろう、と言われればそうだ」と認めたが、サルは同社のマスコットで人種差別の意図はなかったと強調した。[四〇]・・・だが、選挙戦を通じて、ジェイ・Zら著名ラッパーらが、「一票を大切に」運動を展開し、ヤング層の投票を促進。また、YouTubeなどインターネットのサイトで、ラッパーのウイル・アイ・アムが製作した「Yes We Can」をはじめとする、ラップ応援歌が流れたことは、大統領当選への大きな助けとなった。[四一]・・・イスラム世界では、マスコミが今回のイスラエル軍のガザ侵攻を「ガザ虐殺」と呼んで強く非難しており、反米反イスラエルのイスラム主義がさらに扇動されるだろう。[四二]・・・現ブッシュ政権が掲げた「敵対してくる国は先制攻撃する」といった単独覇権主義を捨て、リベラルな国際協調主義に戻ると、世界から期待されている。[四三]・・・我々の運命を最終的に決めるのは、煙に覆われた階段を突進する消防士の勇気であり、子どもを育てる親の意思である。[二七]・・・Yes we can[三七]・・・オバマ氏を題材にしたラップソングは、主なものだけでも一〇曲を超える。これほど歌になった政治家は過去に例がない。[四一]・・・開戦によって、パレスチナ和平交渉を今後再開することは、おそらく不可能になった。米国のオバマ新政権は、パレスチナ和平の成功を外交面での最優先課題の一つにしているが、その実現は、就任三週間前の現時点で、すでにほとんど無理になった。[四二]・・・オバマ新大統領は、現政権のロバート・ゲイツ国防長官を留任させる公算が高いと指摘されているが、そのゲイツは一〇月二八日、カーネギー国際平和基金での講演で、中国、ロシア、イラン、北朝鮮などの脅威に対抗するため、米軍の核兵器を近代化せねばならず、一九九二年以来停止していた核実験の再開が必要だと述べた。[四三]・・・なぜ、あらゆる人種や信条の男女、子どもたちが、この立派なモールの至る所で祝典のため集えるのか。そして、なぜ六〇年足らず前に地元の食堂で食事することを許されなかったかもしれない父親を持つ男が今、最も神聖な宣誓を行うためにあなた方の前に立つことができるのか。[二七]・・・だから今宵、我々は自問しよう。我々の子供達が来世紀を見るならば、私の娘達が幸運にもアン・ニクソン・クーパーほど長生きできたなら、どんな変化を目撃するのだろう?どんな進歩を成し遂げているのだろう?[三七]・・・ラップミュージックは、ヒップホップ文化の中核。七〇年代に、失業や貧困、社会的な抑圧に対する〝抵抗〟を歌ったものが、間もなく「人種の枠を超えて広がり、若者の共通の言葉になった」（コット氏）。八〇年代から九〇年代にかけて、スラム街でブレイクダンスを踊る黒人やヒスパニックの若者たちと、都市郊外に住む中流家庭のティーンエージャーを結びつけたのだ。[四一]・・・オバマ政権は、パレスチナ和平をやろうにも「テロリスト」のハマスを容認しない限りパレスチナ人の代表者がいないという、行き詰まりの状態になる。[四二]・・・またゲイツは、米軍が対処せねばならない敵対勢力として、大量破壊兵器の使用や開発を目論むテロ組織を支援する国々や非政府組織、個人が含まれるとも述べた。[四三]・・・バラク・オバマ米大統領は安全保障上の懸念から愛用のBlackBerryを手放さなければならなくなることを心配していたが、最終的にキープできることになった。[四四]・・・そして、我々の子孫に言い伝えられるようにしようではないか。我々が試された時、旅を終わらせることを拒み、後戻りすることも、くじけることもなかった、と。そして、地平線と神の慈しみをしっかりと見つめ、自由という偉大な贈り物を運び、未来の世代に無事に届けた、と。[二七]・・・ありがとう。貴方に神の祝福を。アメリカに神の祝福を。[三七]・・・そうしたラップミュージックを支えるファンの多くがオバマ氏の選挙戦を応援し、インターネットで草の根献金キャンペーンを展開。その結果、オバマ氏が集めた選挙資金は、七億四五〇〇〇万ドルと史上最高額を記録した。[四一]・・・「オバマ新大統領の陣営は一二月二七日、イスラエルのガザ侵攻について「何もコメントすることはない」と表明した。[四二]・・・ゲイツ演説と前後して、米共和党系のシンクタンクであるランド研究所が「米経済を不況から立て直すには、どこかの大国と戦争に入るしかない」と主張する提案書を、国防総省に提出したと、中国のマスコミで報じられた。[四三]・・・大統領のBlackBerryはセキュリティが強化されたという。[四四]・・・オバマ次期大統領、地デジ完全移行の延期要請[四五]・・・ありがとう。神の祝福が皆さんにあらんことを。そして、神の祝福がアメリカ合衆国にあらんことを。[二七]・・・就任演説でググるとこのページに来てしまうので、タイトルを変更しました。もともとこの書き込みには「就任演説」という間違った訳がタイトルにつけられていました。引用してくださった方々には申し訳ありません。[三七]・・・大統領就任式前日の一九日には、首都ワシントンのワーナー・シアターで、ジェイ・Zが祝賀コンサートの開催を計画、ヒップホップ・ファンが集う。彼らにとって、オバマ氏は〝われらのヒーロー〟なのだ。[四一]・・・以下は、開戦前日の一二月二六日にできていた記事である。書き直してさらに時間を食うより、早く配信した方がいいと思うので、そのまま以下に貼りつける。[四二]・・・オバマは一一月四日の選挙でさわやかに快勝した。多くの米国民が、これでブッシュ政権による無茶苦茶から脱却し、新たな時代が来ると期待している。しかし私が見るところ、ブッシュ政権はすでに、金融財政・軍事・外交といった米国の覇権を支える何本もの大黒柱に「時限爆弾」的な破壊のシステムをセットし終わっている。これらの爆弾は、オバマ政権になってから爆発する。

[四三]・・・BlackBerryはカナダのResearch In Motion（RIM）製の携帯メール端末。二〇日に宣誓就任したオバマ大統領はそのヘビーユーザーとして有名で、利用をやめさせようとするスタッフの説得に抵抗を続けていた。

[四四]・・・移行チームは議会に対し、二月一七日に予定されているアナログ停波を再考し、二〇〇九年中のもっと後の時期に延期するよう求めた。[四五]・・・「生声CD付き［対訳］オバマ演説集」[四六]・・・米国が弱体化していく中で、世界の安定を維持しようとするなら、オバマは中国やロシアなどの新興諸国（BRICやイスラム

諸国）と協調関係を強め、国際社会における新興諸国の発言力増大の要望をかなえてやり、覇権多極化を容認する代わりに、世界の安定維持のために新興諸国の協力を得るしかない。[四三]・・・大統領の電子メールは公的記録とみなされ、退任後には情報開示の対象となる。[四四]・・・ブッシュ政権は五日に、地デジ移行後も古いテレビを視聴するために必要なデジタルコンバータを購入するためのクーポンを消費者に配布する一五億ドル規模のプログラムで、資金が枯渇しつつあることを発表した。[四五]・・・ケネディを超える感動。歴史はこの演説でつくられた！[四六]・・・選挙運動期間中にハイブリッド車の台数増加を掲げていたオバマ次期米大統領が就任式の二〇日から乗るリムジンの画像が流出した。[四七]・・・国際社会では、英米が覇権を持つＧ７の欧米中心体制を壊し、新興諸国の発言力増大を容認する多極化の方向性が、明らかに模索されている。[四三]・・・伝説の「基調演説」から「勝利演説」まで。[四六]・・・リムジンは乗用車とトラックを融合した作りで、見た目は戦車に似ている部分もある。[四七]・・・ブッシュ政権時代の単独行動主義から国際協調路線へかじを切るとみられる。[四八]・・・日本では、恒久的な対米従属の幻想を国民に持たせたい外務省などのブリーフィングと、それを真に受けるマスコミのせいで、世界の多極化が始まっていることすら、全く報じられていない。[四三]・・・［英－日］完全対訳と詳しい語注付きで、英語初心者でもどんどん読める・聞ける。[四六]・・・ネット上では早くも、リムジンの外見をめぐって自動車マニアの間から「ダサイ」「大統領を戦車に乗せる方がまし」などの批判が続出。[四七]・・・内政では米国発の金融危機や景気後退への対応が最大懸案で、景気刺激の追加策の迅速な実行が求められている。[四八]・・・オバマ大統領、イスラエル支持鮮明に[五〇]・・・クリントン元大統領の運転手だった元護衛官のジョー・ファンク氏は、リムジン車内で外部の雑音が一切遮断されるため、オバマ氏が保護された密室空間の中で孤立感を味わうと予想。ただ、オバマ氏が電話や衛星、インターネットなどで、世界中と瞬時に通信できることに驚くだろうとしている。[四七]・・・八三年コロンビア大卒、九一年にハーバード大ロースクール卒業。

一流の法律専門誌として知られる同大の「ハーバード・ロー・レビュー」の編集長に黒人として初めて就任。[四八]・・・オバマ流スピーチのひみつを探る～本書のガイドをかねて[五一]・・・環境活動家らの中には、リムジン車体が緑に塗装されることを期待する向きもある。[四七]・・・オバマ報道の「新しい英語」[五一]・・・Google に地上の高解像度画像を提供予定の人工衛星 GeoEye-1 が、Barack Obama 米大統領の就任式の様子を上空から撮影した。その画像が現在、公開されている。[五三]・・・これら画像は、重量四三〇〇ポンド（約一・九五トン）の同衛星が時速一万七〇〇〇マイル（時速約二万七三五九 km）で移動しながら、地上四二三マイル（約六八一 km）の高さから撮影した。[五三]・・・折りしも、デジタルコンバータを購入するための四〇ドルのクーポンを国民に提供する一三億ドルの資金が底をつき、一〇万人以上の国民がクーポンの配布を待っている状態だ。関係者は、二月一七日に予定されているデジタルＴＶへの切り替えは大きな混乱を生むだろうと述べている。[五四]・・・GeoEye は二〇〇八年九月に GeoEye-1 を打ち上げた。Google が、GeoEye-1 の画像をオンラインで独占的に利用する権利を獲得している。[五三]・・・「オバマ大統領ビジネス交流掲示板」[五五]・・・オバマ新大統領誕生！歴史的な一日。式典もパレードも、まるで映画のシーンのようでしたね。オバマ氏の演説もさることながら、ファーストレディー・ミシェルさんの立ち居振る舞いも、かっこいい！[五六]・・・このサイトはオバマ大統領に関するビジネス向け無料情報掲示板です。投稿は無料です。オバマイベントやオバマグッズ、オバマ観光情報など、この掲示板を使って宣伝してください。[五五]・・・ＴＶ映像を見ていて、今年の風水キーワードを思い出しました。それは…「美しさ」「輝き」「知性・直感力」。まさしく、オバマ夫妻ではないでしょうか！この一年、風水的にも目が離せません。[五六]・・・ボンバーマン！ボンバーマン！[五七]・・・これで四四人の米国人が大統領の宣誓をした。宣誓の言葉は、潮が満ちる繁栄のなかで発せられたこともあれば、水面が穏やかな平和時に読まれたこともある。しかし、宣誓は時折、暗雲が垂れこめ、荒れ狂う嵐のさなかで行われる。このような時にも米国が前進し続けられたのは、単に指導者たちの技量や洞察力のためだけでなく「我ら合衆国の人民」が先祖の理想に忠実で、建国の文書に誠実であったためだ。五八・・・TV新聞で持ち上げられすぎてて違和感を感じる五七・・・我々が危機のまっただなかにいることは、いまや誰もが分かっている。米国は幅広い暴力と憎しみのネットワークと戦争中だ。五八・・・地デジ放送への完全移行は二月一七日に予定されており、その時点でアナログ放送は完全に終了する予定となっている。CATVや衛星で受信している場合を除き、地デジ対応してないテレビにはチューナの設置が求められている。しかし周知徹底やサポート体制が不十分であり、特に低所得世帯などへの影響が懸念されている。五九・・・世の中変わりそうだまじで五七・・・家は失われ、仕事は奪われ、企業は破綻した。健康保険はコストがかかりすぎ、学校はあまりにも多くの人の期待を裏切る。我々のエネルギーの消費の仕方は敵を強化し、地球を脅かしていることが、日を追うごとに鮮明になっている。五八・・・米国国歌を聴いていると、前半の主題部はどっしりとして力強く、どんな危機にも慌てない安定感を響かせる。安定した音階であるド・ミ・ソを組み合わせたメロディーにしているからである。主題部に続くトリオ（中間部）では一転して静寂に入り、優しさと癒やしが流れる。「優しくて力持ち」という米国の理想像が旋律を貫く六〇・・・声いいって得だな五七・・・これらはデータや数字で表れる危機の指標だ。同様に甚大な問題でありながら、より把握しにくいのは、米全土で徐々に広まっている自信喪失だ。それは米国の衰退は不可避という恐れ、次の世代は目標を下げなければならないという不安だ。五八・・・耳に心地よいバリトンの演説が多くの米国民の共鳴と支持を吸収する六〇・・・バラク・オバマ次期大統領（四七）の専用車は〝窓のある戦車〟。六一・・・すっごい響く声だな　ハリーポッターに出てきた声を響かせる魔法でもかけてんのかって感じ五七・・・今日、我々が直面している試練は現実のものだ。それらは深刻で多岐にわたる。簡単に短期間で解決できるものではない。しかしアメリカよ、これらは必ず解決できる。五八・・・オバマ指揮の米国国歌に世界中が全身耳となる。六〇・・・二〇日の就任パレードでデビューする大統領専用車の概要を大統領警備隊（シークレットサービス）が発表した。防弾仕様はもちろん、情報を暗号化する通信機器を備えており、同隊は「世界で最も防御性の高い車」と自信満々だ。六一・・・一月八日にはオバマ次期大統領が、経済対策の一部として、今後三年間で風力、太陽光、バイオ燃料など代替エネルギーの生産を倍増するとも表明した。六三・・・オバマのライターはまだ二〇代だったたっけ？五七・・・今日この日、我々は恐れより希望を、争いや仲たがいより目的を共有することを選んだ結果、こうして集まった。今日この日、我々の政治を長い間、窒息させてきたつまらない不平や間違った約束、非難合戦、使い古された教義などの終わりを宣言するために集まった。五八・・・ネット上では「ザ・ビースト（野獣）」「窓のある戦車」などと呼ばれ、米メディアには「小惑星の衝突にも耐える」と評するものもある。六一・・・いまやガソリンとエタノールの価格は逆転し、税控除による補助があっても、エタノール燃料を使うインセンティブは低くなっている。六三・・・カーボン・ナノチューブで作った、たくさんのオバマ氏六四・・・黒人が平等という言葉を使うとすごい説得力があるんだろうな五七・・・彼らは私たちのためにわずかな所持品をかばんにしまい、海洋を旅し、新しい生活を探してくれた。五八・・・ボディー　二倍の強度を持つ特殊鉄鋼、アルミ、チタン、セラミックなどの素材を組み合わせ、爆発物を跳ね返す。携行ロケット弾が命中しても壊れない。六一・・・米国大統領選の候補者たちは、この一年間というもの、顕微鏡にかけられているようなものだったが、ついに、Barack Obama 上院議員の顔に合わせたピントはナノ・レベルに達した。六四・・・『オバマ演説集』／バラク・オバマ六五・・・俺に目が二つあれば上下の字幕を同時にみれるのに五七・・・これが今日も我々が続けている旅だ。我々は依然として地球上で最も繁栄し、強い国家だ。五八・・・窓　全面に厚さ一二センチ以上の防弾ガラスを使用。ピストルの弾を途中でストップさせる。六一・・・ミシガン大学機械工学科の John Hart 准教授が、ナノ・リソグラフィーを使って作り上げた Obama 上院議員の顔は、それぞれが一億五〇〇〇万本のカーボン・ナノチューブでできている。「サイトによると、一億五〇〇〇万本とは、一一月四日（米国時間）に投票すると見られる人々の数でもある」[六四]・・・就任式にはイリノイ州からワシントンまで、汽車に乗って行くのはリンカーンの例を踏襲しています。[六六]・・・ここんとこのリズムいいよね[五七]・・・我々は商業の糧となり、我々を結びつける道路や橋、送電網や通信網を造る。科学を本来あるべき地位に引き上げ、医療の質の向上とコストを抑えるために素晴らしい技術を駆使する。太陽、風、大地を使い自動車を動かし、工場を稼働させる。新しい世代の需要に合うように学校や大学を変革していく。これらはすべて実現可能だ。そして我々はこれらをすべてやる。[五八]・・・ドア　厚さ二〇センチ以上で、ロックした状態だと銀行の大金庫以上の堅固さを誇る。[六一]・・・『nanobama.com』に掲載された画像に添えられた唯一のはっきりした政治的なメッセージは、冒頭の一言「vote for science」（科学に一票を）だけだ。[六四]・・・オバマは、ほぼ同じルートで三日かけてワシントンに到着する予定で、到着日は一四八年前のリンカーンと同じ日です。[六六]・・・「大統領選挙では、メディアが大きな力を持つ。初期の予備選挙で善戦したダークホースが全国的な知名度を得て、有力候補をおびやかすことも珍しくない。オバマ候補は、ＳＮＳ経由の資金集めをはじめ、当初からネットという新しいメディアをうまく活用していた。また演説の力強さと巧みさ、特に〝change = 変化〟というシンプルな言葉の効果的なくり返しが、インターネットを利用する若年層の高い支持を生んでいる」と指摘するジャーナリストもいる。[六七]・・・まるで最終戦争のあとの演説みたいだw[五七]・・・我々が今日、問うているのは、政府が大きすぎるか、小さすぎるかではなく、機能しているか否かということだ。[五八]・・・室内　化学兵器の攻撃を想定し、外気を完全に遮断。物音ひとつ聞こえない。[六一]・・・Hart氏は、誰もが思う存分ナノアーティストの喜びを得られるように、ここに挙げた以外に二〇種類のObama上院議員の顔のイメージを揃えた『flickr』用のセットを作っている。[六四]・・・リンカーンと同じように、暗殺の危険性は非常に高く、沿線の警察は護衛に頭を悩ませているそうです。[六六]・・・たしかにモチベあがるなこれは[五七]・・・だから、今日（就任式を）見ているすべての（外国の）人々と政府に言いたい。そこが巨大な首都であれ、私の父が生まれた小さな村であっても。米国は平和と尊厳の未来を志すあらゆる国とあらゆる男性、女性、子供の友人である。そして我々は再び先頭に立つ用意ができている。[五八]・・・タイヤ　グッドイヤー社製の特殊防弾タイヤ。空気圧ゼロでも走り続けられる。[六二]・・・米史上初の黒人大統領誕生の瞬間を見ようと、二〇〇万人前後がワシントンに集結するとみられるが、日本にも〝オバマ旋風〟が上陸。「YES　WE　CAN」と呼び掛けるCD付きの演説集が発行四〇万部の大ヒット商品になるなどしている。その人気の秘密は？[六八]・・・空前の盛り上がりの経済効果は、一七日～二〇日の四日間だけで、およそ一〇億ドル（約九〇〇億円）と試算されている。[六九]・・・三ヵ月後が楽しみだ[五七]・・・我々は自分たちの生き方について謝らないし、それを守ることを躊躇しない。自らの目的を達成するために、テロを使い、無実の人たちを殺害する者にいま告げる。我々の精神はあなた方より強く、決して砕けない。あなた方は我々より長続きすることは不可能であり、我々は必ずあなた方を打ち負かす。[五八]・・・また地球上どこでもネット通信、電話が利用できる最先端の暗号化衛星通信システムが装備されている。シークレットサービスでは性能や値段などは公表していないが「先端技術を駆使した世界で最も防御性の高い車」としている。[六一]・・・もともとは、三〇、四〇代のビジネスマンをターゲットにした英語教材本だったが、実際の購買層は見事に〝チェンジ〟、中学生から九〇歳代までと幅広い。四月から教材に使いたいという大学からの問い合わせも複数ある。[六八]・・・オバマが大統領選に出馬宣言したのも、若きリンカーン弁護士が過ごしたスプリングフィールドの地だ。オバマはこの一月一七日には独立宣言の地、フィラデルフィアから特別列車でワシントン入りしたが、これもリンカーンの例を踏襲したもの。二〇日の就任式では、リンカーンが使った聖書に手を置き宣誓するというのだから、まさに「リンカーンづくし」である。[六九]・・・オバマ大統領就任式を一〇倍楽しく見る方法[七一]・・・自分でハードル上げすぎだろ！五七・・・我々の国にはキリスト教徒、イスラム教徒、ユダヤ教徒、ヒンズー教徒、無宗教の人がいる。地球上のあらゆる場所から集まった言語と文化によって形作られた。五八・・・一方、昨年九月に福田康夫前首相の「あなたとは違うんですTシャツ」をヒットさせた通販会社「ClubT」は、一一月に「オバマYES WE CAN Tシャツ」を発売。福田Tシャツの約一万着には及ばないが、一一日現在、一〇〇〇着以上が売れている。六八・・・フィラデルフィアの駅頭では二〇〇人の招待客を前に「イデオロギーや偏狭な考え方からの独立」を訴えて「新独立宣言」と称したが、それを上回る格調の高いものになりそうだ。六九・・・いよいよ今夜ですよ！　アメリカでは、現地時間の火曜日（日本時間で本日深夜一時過ぎ）に行われるバラク・オバマ新大統領就任式を間近に控え、パーティが開かれたり、テレビや新聞では特集が組まれたり、かなり盛り上がってきています。七二・・・てか、ブッシュの就任演説聴いてみたい五七・・・だからこそ、我々はどうしても信じたい。古い憎しみがいつの日か過ぎ去り、部族の線引きがやがて消えることを。世界が狭くなるにつれ、共通の人類愛が浮き彫りになることを。五八・・・政権から一〇〇日間はマスメディアも大統領への批判を慎むハネムーン期間と言われるが、今はそんな悠長なことを言っていられないほど金融危機再来が迫っている。六九・・・就任式のオフィシャルサイトがあるのを知っていますか？　ここでは、聴覚障害者のための英語字幕付きでビデオをストリーミングすることができます。このサイトには、就任式の歴史や、周辺の天気や地図、ランチョンでのメニューやレシピ、など興味深い情報がたくさん載っていますよ。七一・・・日本人のオバマ支持率八九・七％！〜ライフネット生命調べ七二・・・核ったか今？五七・・・我々が立ち向かう挑戦は新しく、それに立ち向かう手段も新しいかもしれない。しかし我々の成功の礎となる価値観は古い。それは誠実さと勤勉、勇気と公正、寛容さと好奇心、忠誠心と愛国心などだ。これらは普遍の真理である。我々の歴史を通じて前に進む静かな力となってきた。五八・・・一部報道では、金融機関の追加支援には新たに最大一兆二〇〇〇億ドルが必要だとの試算も出ているが、ブッシュ政権下の金融安定化策の残り三五〇〇億ドルに上乗せして新たな銀行支援に乗り出すのかどうか…。[六九]・・・米テレビの三大ネットワーク、NBC、CBS、ABCでも、無料のストリーミングを提供しています。[七一]・・・ライフネット生命保険が「オバマ大統領に関する調査」を実施。調査期間は一月九日～一三日、オバマ氏がアメリカ大統領に就任することを知っていた一〇代から五〇代の男女九六八名を対象に行われた。[七二]・・・オバマ氏のサイトデザイン、イスラエル側に速攻でパクられる[七三]・・・カッコイイ！[五七]・・・これがあるから六〇年前ならレストランで食事をすることもできなかったかもしれない父を持つ男が、最も神聖な宣誓を行うためにあなた方の前に立つことができるのだ。[五八]・・・日本の民放テレビ局と同じように、三大ネットワークにもそれぞれ政治的主張があります。それに影響されない中立的な放送を求めるのであれば、「C-SPAN」がオススメです。[七一]・・・オバマ大統領のイメージについて聞いたところ、最も多かったのは「新鮮である」で五二・三％。以下「革新的である」「演説が魅力的」「人気がある」「アメリカの多様性の象徴である」と続く。一〇代だけ見ると「革新的である」と「演説が魅力的」がトップという結果で、今回の大統領選で若手スタッフの感性を活かしたオバマ氏の広報戦略は、日本の若者の心まで掴んでいるといえるだろう。[七二]・・・この二枚の画像をよくご覧ください。左側は米次期大統領バラック・オバマ氏のウェブサイト。右側はイスラエルの首相候補ベンヤミン・ネタニヤフ氏のウェブサイト。何から何までそっくりです。そしてネタニヤフ側は、その事実を全く否定していません。[七三]・・・バラク・オバマの父親は、バラクの母親と離婚した前後に、数度結婚を繰り返し、その都度、多くの子供をもうけている。「公式でない」子供もいるようである。バラク・オバマの母親も、バラクの父親と離婚した後には、インドネシア人実業家と再婚し、子供を成している。バラク・オバマは、十人近い異母兄弟姉妹、異父妹が世界中に散らばっているのである。彼が、「ウィ・アー・ザ・ワールド」と叫べば、実態としては、その通りになるのであろう。[七四]・・・仏教は、一神教的には微妙だからね。省いても間違ってない。[五七]・・・雪には血がにじんだ。革命（独立）の行方が最も危ぶまれた時、建国の父は人々にこう読むよう命じた。[五八]・・・「将来の世界で語られるようにしよう。希望と美徳以外は何一つ生き残ることができない真冬の日に、共通の危機にひんした都市と地方はともにそれに立ち向かった」[五八]・・・「Ustream.tv」がiPhoneのアプリとして火曜日までに承認されれば、App Storeで検索すればすぐ見つかるのですが、残念ながら月曜日の午後現在は未承認のままです。でも、方法はあるんですよ。「TechCrunch」には、「Ustream.tv」のベータ版をiPhoneに入れる手順を紹介しています。[七一]・・・「オバマ氏の演説をテレビで見た経験がある」と回答したのは八八・一％、「家族や友人とオバマ氏について話した経験がある」のが五七・四％、「オバマ氏のPR広告をSNSやブログ、YouTubeなどのインターネットサイトで見た経験がある」は二一・一％、「ブログに書いた経験がある」のは三・〇％。[七二]・・・オバマの執政は、「マイノリティ」に傾斜するのか、それとも「アメリカン・エリート」の流儀を踏襲するのか。これは、オバマの執政の性格を占う上では大事な視点であろう。[七四]・・・〇九年最初のベストセラーとして「オバマ演説集」（朝日出版社）が話題だ。[七五]・・・アメリカよ。共通の危機に直面した今、この困難な冬に、我々はこの時を超えた言葉を思い出そうではないか。希望と美徳によって、氷のように冷たい流れにもう一度勇敢に立ち向かい、いかなる嵐が訪れようとも耐えようではないか。子々孫々が今を振り返った時に、我々が試練の時に旅を終えることを拒否し、引き返すことも、たじろぐこともなかったということを語り継がせようではないか。地平線に視線を定め、神の慈悲を身に浴びて、我々は自由という偉大な贈り物を運び、将来の世代に安全に送り届けたということを。ありがとう。神の祝福がみなさまにあらんことを。そして、神の祝福がアメリカ合衆国にあらんことを。[五八]・・・就任式のいい写真が撮れたなら、themoment@cnn.com に画像を送りましょう。写真の大きさは一枚につき一〇MBまでで、三枚まで送ることができます。あなたの写真が選ばれたなら、「cnn.com/The Moment」で、マイクロソフト「Photosynth」で作った3Dモデルを見ることができるかもしれません。[七一]・・・オバマの執政では、何よりも経済危機への対処が優先されることになる。そのことに関しては、すでにコンセンサスが出来上がっているようである。[七四]・・・年齢が八〇歳差もある人間が同時期に同じ本を読んでいるという現象は驚異的だ。[七五]・・・オバマ大統領就任記念コンサート[七六]・・・黒人の演説ってちょっとラップみたい[五七]・・・日本でオバマ氏に期待しているのは、福井県小浜市だけではないのだ。[七五]・・・WOWOWは、バラク・オバマ氏が、一月二〇日（火）に第四四代アメリカ合衆国大統領に就任するのを記念し、首都ワシントンD.C.にて一月一八日（日）午後二時三〇分（現地時間）より開催される記念コンサートの緊急放送を決定。[七六]・・・オバマもヒラリー並に金に汚かったが、まだ、米国以外からの大手寄付者が報道されない。時間の問題かも知れない。[七七]・・・爆発的な売れ行きに、朝日出版社では一月二〇日（火）の大統領就任スピーチを、なんと一月三〇日（金）には「オバマ大統領就任演説」として発売することが決定しているという。[七五]・・・このイベントは二〇日の就任式にさきがけ、一八日に米ワシントンの「リンカーン記念館」で行われ、音楽&映画界の豪華スターが大集結しオバマ氏の就任を祝う。また、オバマ氏自身もスピーチを行う予定。[七六]・・・数百万人の米国人が既に期日前投票を終えており、選挙管理当局は、四日当日の投票所における長い列に備えていた。[七九]・・・ここ一番ウルッときた[五七]・・・イベント運営者によれば、これらの有名歌手・俳優らはいずれもイベント参加に積極的で、イベントで歌う曲も、それぞれのヒット曲ではなく、コンサートテーマである"WE ARE ONE"のとおり未来への希望と人々の願いを表現するものになる予定。[七六]・・・悲しいニュースもある。オバマ氏の祖母、マデリン・ダンハムさんが三日、がんのため亡くなった。オバマ氏は先月、ハワイを訪れダンハムさんを見舞っていた。[七九]・・・アピールのため、NASAの新型月面車も就任パレードに参加するようだ。[八〇]・・・ここからの一節がかっこよすぎます[五七]・・・二年にわたる選挙戦は二〇億ドルかかったとみられている。[七九]・・・世界不況により、アメリカ政府の財政状況は厳しく、アメリカ軍とNASAについても、オバマ米次期大統領は体制の見直しを検討している。そのため、NASAとしては予算を確保し、新型有人宇宙船オリオンとアレスロケット、そして、有人月探査などを引き続き開発できることを望んでいる。[八〇]・・・アメコミ版「スパイダーマン」に、なんとバラク・オバマ次期米大統領が登場することになった。オバマ氏は子どものころ、「スパイダーマン」のコミックを収集していたことで知られるため、マーベル・コミックスのJoe Quesada編集長は恩返しの意味を込めて、「スパイダーマン」のボーナス・エピソードにオバマ氏を登場させることを決めたという。[八一]・・・すごい操られそうだ[五七]・・・ある国の歴史における決定的瞬間を通じて英語を学びましょう。これは第四四代大統領であり、初の黒人大統領となったバラク・オバマ氏が、連邦議会の議事堂前で行った就任演説です。[八二]・・・ごめん飛ばしたw[五七]・・・スパイダーマンに変身し、オバマ大統領が得意なバスケットボールを利用してどちらが偽物かをあぶり出す、というもの。[八一]・・・動画は宣誓式から始まり、就任演説はおよそ二分三〇秒後に始まります。[八二]・・・ビデオ・クリップは、先ごろ第四四代米国大統領に就任したバラク・オバマ氏が大統領選キャンペーンで用いた「イエス、ウィー・キャン」というスローガンをさまざまな年齢層のサポーターが連呼、それにエスカレットFFF会長が「イエス、ウィー・ウィル」と応え、最後にレイモン・ドメネク監督がフランス語で「ウィ、ヌ・ル・プヴォン」(イエス、ウィー・キャン)と締めくくる内容になっている。[八三]・・・神演説だろ、心にガシッ!とくる[五七]・・・このコースでは全ての例文が生音声で収録されています。[八二]・・・伝説の「基調演説」から「勝利演説」まで。「英-日」完全対訳と詳しい語注付き。CDには臨場感あふれる生の音声を収録。[八六]・・・誰かがラップみたいって言ってたけどマジでそんな感じだな[五七]・・・iKnow!アプリケーションでは、二二一一個の重要語をピックアップしています。[八二]・・・感動する演説と言えば、忘れてはならないのが「I Have a Dream」などのスピーチで有名なキング牧師。キング牧師は一九六〇年代のアフリカ系アメリカ人公民権運動の指導者で、今回の黒人大統領誕生の原点とも言うべき偉人です。[八七]・・・オバマ次期大統領から次期国務長官に指名されたヒラリー・クリントン上院議員に対する指名承認公聴会についての報道があったので、その部分も起こしました。[八八]・・・翻訳ＧＪ[五七]・・・奇しくも、大統領就任式前日の一月一九日は、キング牧師の生誕を祝うマーティン・ルーサー・キング・ジュニア・デー。[八七]・・・細かい相づち、間投詞、言い直し、ツッコミはカット、言葉尻など曖昧な箇所もありますが、それ以外はほぼ完璧です。画像はYouTubeで拾ったビデオからキャプチャさせていただきました。[八八]・・・オバマ ブログ記事一覧[八九]・・・最後のたたみかけがすげええ[五七]・・・世界を滅ぼす悪魔、イスラエルの背後には当然アメリカがいるわけで、アメリカも核ミサイル落とされても仕方ないですね。[九〇]・・・凄かった！！マジうpぬしありがとう。[五七]・・・米国の首都ワシントンでは、今月二〇日に大統領に就任するバラク・オバマ氏にちなんだグッズが続々と登場している。当地のショップには一七日、オバマ人形をはじめ、オバマ氏の顔や名前をプリントしたティーシャツや帽子、ショットグラスなどが並び、就任に先駆けて売り出されていた。[九一]・・・ボンバーマンｗｗ[五七]・・・大統領は芸術文化支援を明言し、「芸術支援のプラットフォーム構築」を政策の柱に六つの指針を掲げている。部会メンバーが評価したのは、創造性や芸術の力を多面的に評価し政策に盛り込んでいる点。とりわけ「芸術教育への再投資」という指針に注目した。[九二]・・・大統領就任と時を同じくして、今度は英国を発信源とする金融不安が広がり、二〇〇九年一月二一日の東京株式市場の日経平均株価は八〇〇〇円を割り込んだ。[九三]・・・バラク・オバマ の最新ニュース[九四]・・・一月二〇日のニューヨーク株式市場のダウ平均株価は、前日に比べて三三二・一三ドル下がり七九四九・〇九ドル。ナスダック総合指数も一四四〇・八六ポイントと八八・四七下落した。[九三]・・・地球温暖化防止の切り札として世界的に建設ラッシュが見込まれる原子力発電所。「原子力ルネサンス」と呼ばれるこの追い風を逃すまいと、日立製作所、東芝、三菱重工業の日本企業主導の三陣営に集約された原発メーカーの受注競争は熱を帯びる。九五・・・下線部なんか、日本人でもなんかグッときちゃうよね。

九七・・・"CHANGE"と"HOPE"をそのスローガンに掲げてきた。九八・・・現在では今後二〇年間に世界で一五〇基以上の原発建設が見込まれるまでになった。原発一基の建設費は三〇〇〇億〜四〇〇〇億円にも上り、その後の保守も含めればメーカーにとって安定的な収益源となるだけに、世界一の電力消費国・米国の動向は業績にも大きな影響が及ぶ。九五・・・Second Lifeでは、一三〇〇人を超えるオバマ親衛隊が組織されているという。

九九・・・消極的だとすると、原子力ルネサンスに陰りが生じかねない。九五・・・PlayStation 3用のアクションゲーム「リトルビッグプラネット」では、オバマ大統領就任を祝ったステージがファンによって公開された。

九九・・・壁が壊されたベルリンという変革と希望の象徴を背景に、二〇万人を前に演説するオバマ、世界は、アメリカが変わることを期待している。九八・・・愛娘のため、Wiiも一緒にホワイトハウス入りしたという話もある。九九・・・

Googleで「オバマ」を検索した結果表示された上位一〇〇件のウェブページを以下に記す。（二〇〇九年一月二五日一七時三〇分時点の検索結果）

「オバマ・グーグル」を構成するすべての文はこれらのウェブページ上の記事から引用された。

＊なお、現在は閲覧不可能になっているページや更新されているページを含む。

一「バラク・オバマ」Wikipedia
ja.wikipedia.org/wiki/バラク・オバマ

二「オバマ」Wikipedia
ja.wikipedia.org/wiki/オバマ

三「オバマ上院議員の演説に達人の技を見た！」Lifehacking.jp
lifehacking.jp/2008/01/obama-speech/

四「オバマのニュース検索結果」Google ニュース

五「バラク・オバマ」
www.geocities.jp/metropoleclub/p/obama.html

六「バラックオバマ大統領に関するニュース記事、ブログを紹介」バラック・オバマ応援ポータルサイト
www.barackobama.jp/

七「オバマ議員への過剰な期待はやめよう」macska dot org　二〇〇四年一二月二三日
macska.org/article/61

八「「アメリカに変化がやってきた」オバマ次期米大統領の勝利演説・全文」goo ニュース　二〇〇八年一一月五日
news.goo.ne.jp/article/gooeditor/world/gooeditor-20081105-05.html

九「オバマ氏、携帯所持OKでひと安心」goo ニュース　二〇〇九年一月二四日
news.goo.ne.jp/topstories/world/20090124/ad18c083d489d64aef330a7993195f58.html

一〇「バラック・オバマ Barack Obama」
http://xn--kckzdvb.com/

一一「間違っているオバマが勝ち、正しいマケインが負けそうな件」FIFTH EDITION　二〇〇八年一〇月一日
blogpal.seesaa.net/article/107406416.html

一二「Amazon.co.jp: マイ・ドリーム―バラク・オバマ自伝：バラク・オバマ」Amazon.co.jp
www.amazon.co.jp/マイ・ドリーム―バラク・オバマ自伝-バラク・オバマ/dp/4478003629

一三「Amazon.co.jp: オバマ Yes We Can!: ロバータ・エドワーズ、日当陽子」Amazon.co.jp
www.amazon.co.jp/オバマ-Yes-We-Can-ロバータ・エドワーズ/dp/4265820220

一四「オバマのスピーチライターは26歳」NextReality　二〇〇八年一一月六日
d.hatena.ne.jp/rkmt/20081106/1225929361

一五「オバマとは」はてなキーワード
d.hatena.ne.jp/keyword/%A5%AA%A5%D0%A5%DE

一六「アメリカ大統領選挙」Yahoo! ニュース
dailynews.yahoo.co.jp/fc/world/us_presidential_election_2008/
一七「オバマ政権」Yahoo! ニュース
dailynews.yahoo.co.jp/fc/world/barack_obama/
一八「オバマを勝手に応援する会公式サイト」
i-love-obama.com/
一九「オバマ政権、始動するブロードバンド戦略」Internet Watch
谷脇康彦　二〇〇八年一二月一七日
internet.watch.impress.co.jp/cda/special/2008/12/17/21892.html
二〇「YouTubeに動画ダウンロード機能追加、オバマ氏の公式動画で表示」Internet Watch　二〇〇九年一月二〇日
internet.watch.impress.co.jp/cda/news/2009/01/20/22140.html
二一「オバマ風のかっこいいポスターが作れる『Obamicon.Me』」
IDEA*IDEA　二〇〇九年一月一四日
www.ideaxidea.com/archives/2009/01/obamicon_me.html
二二「「オバマ氏に渡して」続々　贈る手立てなくオバマ市弱る」
asahi.com　二〇〇九年一月一八日
www.asahi.com/national/update/0117/OSK200901170067.html
二三「オバマ氏ってどんな人 既成の「枠」軽々越える」asahi.com
（朝日新聞社）小村田義之　二〇〇九年一月二〇日
www.asahi.com/international/update/0120/TKY200901200341.html
二四「オバマの謎」池田信夫blog　二〇〇八年一月七日
blog.goo.ne.jp/ikedanobuo/e/072c3ce9fc563f2f4f7406a4423135ab
二五「オバマ次期大統領グッズ、米国で続々登場」エキサイトニュース　二〇〇九年一月一八日
www.excite.co.jp/News/odd/E1232274319832.html
二六「バラク・オバマ」在日米国大使館
tokyo.usembassy.gov/j/info/tinfoj-bio-obama.html
二七「オバマ米大統領、就任演説全文（和文）」YOMIURI ONLINE（読売新聞）二〇〇九年一月二一日
www.yomiuri.co.jp/world/news/20090121-OYT1T00132.htm
二八「オバマ新政権（特集）」YOMIURI ONLINE（読売新聞）
www.yomiuri.co.jp/feature/20081107-5171446/index.htm
二九「オバマ」茂木健一郎 クオリア日記　二〇〇八年一一月五日
kenmogi.cocolog-nifty.com/qualia/2008/11/post-b76f.html
三〇「オバマ次期大統領の公式肖像は歴代初のデジカメ撮影、EXIFデータつき」engadget 日本版　二〇〇九年一月一四日
japanese.engadget.com/2009/01/14/president-obama-official-portrait/
三一「オバマ新大統領、新スマートフォン選びに悩む」engadget 日本版　二〇〇九年一月二一日
japanese.engadget.com/2009/01/21/Obama-blackberry/
三二「オバマ次期大統領が華麗に飛びまくるアクションゲーム「SUPER OBAMA WORLD」」Gigazine　二〇〇八年一一月六日
gigazine.net/index.php?/news/comments/20081106_super_obama_world/
三三「iPhoneからUstreamでオバマの就任式を見よう」TechCrunch　二〇〇九年一月一六日
jp.techcrunch.com/archives/20090116watch-the-obama-inauguration-

from-your-iphone-with-ustream/
三四「オバマ…」長野智子 blog　二〇〇九年一月四日
yaplog.jp/nagano/archive/423
三五「オバマ次期米大統領のゴムマスクが大ヒット、埼玉のメーカー」AFPBB News　二〇〇九年一月七日
www.afpbb.com/article/life-culture/life/2555493/3660028
三六「なんと長く偉大な助走─オバマ ホワイトハウスへの道」
blog.livedoor.jp/dankogai/archives/51157152.html
三七「オバマ候補 大統領受諾演説の全訳」びじうのログ　二〇〇八年一一月五日
blog.livedoor.jp/bijoux_iris/archives/51134730.html
三八「「オバマ大統領」とデルタ・ブルース」日経ビジネスオンライン横江公美　二〇〇九年一月一六日
business.nikkeibp.co.jp/article/topics/20090114/182711/
三九「オバマ 勝利の真実」日経ビジネスオンライン
business.nikkeibp.co.jp/article/world/20081104/176229/
四〇「イー・モバイルCM放送中止 「猿」がオバマ氏連想」MSN産経ニュース渡辺浩生　二〇〇八年七月三日
sankei.jp.msn.com/world/america/080703/amr0807030939002-n1.htm
四一「バラク・オバマと黒人文化 熱狂〝ヒップホップ大統領〟」MSN産経ニュース中田雅博　二〇〇九年一月一八日
sankei.jp.msn.com/world/america/090118/amr0901180902000-n1.htm
四二「オバマに贈られる中東大戦争」田中宇　二〇〇八年一二月二八日
tanakanews.com/081228Gaza.htm
四三「オバマと今後の米国」田中宇　二〇〇八年一一月五日
tanakanews.com/081105obama.htm
四四「オバマ大統領、愛用の BlackBerry を死守」ITmedia News　二〇〇九年一月二三日
www.itmedia.co.jp/news/articles/0901/23/news050.html
四五「オバマ次期大統領、地デジ完全移行の延期要請」ITmedia News　二〇〇九年一月九日
www.itmedia.co.jp/news/articles/0901/09/news049.html
四六「『生声CD付き［対訳］オバマ演説集』CNN English Express 編集部 内容紹介」朝日出版社
www.asahipress.com/bookdetail_lang/9784255004518/
四七「オバマ氏の大統領専用リムジン、マニア間では不評」CNN.co.jp.　二〇〇九年一月七日
www.cnn.co.jp/usa/CNN200901070013.html
四八「オバマ米次期大統領が正式就任、内外の緊急課題が山積」CNN.co.jp　二〇〇九年一月二一日
www.cnn.co.jp/usa/CNN200901200039.html
四九「オバマのアメリカ」毎日 jp（毎日新聞）
mainichi.jp/select/world/obama/
五〇「オバマ大統領、イスラエル支持鮮明に」News i - TBS の動画ニュース

news.tbs.co.jp/newseye/tbs_newseye4045204.html
五一「オバマ演説集」楽天ブックス
item.rakuten.co.jp/book/5903846/
五二「オバマ氏」イザ！
www.iza.ne.jp/izaword/word/%25E3%2582%25AA%25E3%2583%2590%25E3%2583%259E%25E6%25B0%258F/
五三「人工衛星から見たオバマ米大統領就任式―「GeoEye-1」撮影」CNET Japan／Stephen Shankland　二〇〇九年一月二一日
japan.cnet.com/news/biz/story/0,2000056020,20386779,00.htm
五四「オバマ次期米大統領、デジタル TV 移行延期を提案」CNET Japan/Stephanie Condon　二〇〇九年一月九日
japan.cnet.com/news/biz/story/0,2000056020,20386285,00.htm
五五「オバマ大統領ビジネス交流掲示板」
www.presidentobama.jp/
五六「オバマ・ウオッチャー♪」実録！風水三六五日　二〇〇九年一月二一日
puapua.blog.so-net.ne.jp/2009-01-21-2
五七「オバマ大統領就任演説 1/2【日本語・英語字幕付き】」ニコニコ動画（ββ）　二〇〇九年一月二一日
www.nicovideo.jp/watch/sm5901807
五八「オバマ新大統領の就任演説内容（全文）」NIKKEI NET　二〇〇九年一月二四日
www.nikkei.co.jp/senkyo/us2008/news/20090120e3k2001720.html
五九「オバマ次期政権、地デジ移行に「待った」かける」スラッシュドット・ジャパン　二〇〇九年一月一一日
slashdot.jp/article.pl?sid=09/01/11/1025244
六〇「オバマ・メロディー」山陰中央新報　二〇〇九年一月二一日
www.sanin-chuo.co.jp/column/modules/news/article.php?storyid=509488034
六一「オバマ氏就任式は〝戦車〟パレード」nikkansports.com 千歳香奈子　二〇〇九年一月一六日
www.nikkansports.com/general/news/p-gn-tp1-20090116-450557.html
六二「オバマ演説集 対訳」オンライン書店ビーケーワン：
www.bk1.jp/product/03064963
六三「脱・石油のオバマ政権でも止まない バイオエタノールへの逆風」DIAMOND online　二〇〇九年一月一六日
diamond.jp/series/inside/09_01_23_002/
六四「カーボン・ナノチューブで作った、たくさんのオバマ氏」WIRED VISION　二〇〇八年一一月五日
wiredvision.jp/news/200811/2008110522.html
六五「オバマ演説集／バラク・オバマ」オンライン書店 本やタウン
www.honya-town.co.jp/hst/HTdispatch?isbn_cd=978-4255004518
六六「オバマ就任式」3R・燃料電池・新エネ、モジュール化・ベンチャー・イノベーション　二〇〇八年一二月一七日
ameblo.jp/andykun/entry-10179464237.html
六七「ところでオバマ候補ってどういう人なの？」R25 緒川寧　二〇〇八年六月五日

r25.jp/magazine/ranking_review/10001000/1112008060501.html
六八「『オバマ演説集』バカ売れ！発行元ボーナス↑↑」Sponichi Annex　二〇〇九年一月一二日
www.sponichi.co.jp/society/news/2009/01/12/01.html
六九「オバマ新大統領就任」FACTAonline 阿部重夫編集長ブログ　二〇〇九年一月二〇日
facta.co.jp/blog/archives/20090120000812.html
七〇「日本政府も拷問取りやめの方針―米オバマ氏の拷問廃止意向受け」bogusnews　二〇〇九年一月一〇日
bogusne.ws/article/112436229.html
七一「オバマ大統領就任式を10倍楽しく見る方法」ライフハッカー［日本版］Kevin Purdy（原文／訳：山内純子）
www.lifehacker.jp/2009/01/post_510.html
七二「日本人のオバマ支持率89.7％！～ライフネット生命調べ」RBB NAVi 大木信景二　二〇〇九年一月二二日
rbbtoday.com/news/20090122/57213.html
七三「オバマ氏のサイトデザイン、イスラエル側に速攻でパクられる」ギズモード・ジャパン　二〇〇八年一一月一八日
www.gizmodo.jp/2008/11/post_4638.html
七四「バラク・オバマの幸運、ジョージ・ブッシュの功績？」雪斎の随想録　二〇〇九年一月一八日
sessai.cocolog-nifty.com/blog/2009/01/post-414c.html
七五「四〇万部超え！『オバマ演説集』バカ売れの理由」Walkerplus 中道圭吾　二〇〇九年一月一九日
news.walkerplus.com/2009/0119/1/
七六「オバマ大統領就任記念コンサート」WOWOW オンライン
www.wowow.co.jp/pg/detail/051263001/index.php
七七「オバマ　類は友を呼ぶ」そうなのかな　二〇〇九年一月五日
huhcanitbetrue.blogspot.com/2009/01/blog-post_05.html
七八「オバマ新大統領　就任式へ」NHK ニュース　二〇〇九年一月二〇日
www3.nhk.or.jp/news/t10013661911000.html
七九「米大統領選、オバマ氏とマケイン氏が選挙戦を締めくくる」ロイター　二〇〇八年一一月四日
jp.reuters.com/article/worldNews/idJPJAPAN-34714820081104
八〇「オバマ就任パレード、新月面車でアピール」sorae.jp　二〇〇九年一月一三日
www.sorae.jp/030699/2777.html
八一「オバマ次期米大統領がスパイダーマンと共演」バラエティ・ジャパン　二〇〇九年一月九日
www.varietyjapan.com/news/showbiz/2k1u7d00000hk97j.html
八二「オバマ氏大統領就任演説　二〇〇九年一月二〇日」iKnow!
www.iknow.co.jp/lists/45380
八三「ドメネク、オバマを真似る」livedoor スポーツ　二〇〇九年一月二四日
news.livedoor.com/article/detail/3988690/
八四「バラク・オバマ」サーチナ
news.searchina.ne.jp/topic/topic.cgi?topic=j085

八五「オバマ大統領の直面する数々の試練」
j1.people.com.cn/94474/6578803.html
八六「オバマ演説集」紀伊國屋書店 BookWeb
bookweb.kinokuniya.co.jp/htm/425500451X.html
八七「英語で感動！オバマ氏&キング牧師の名演説」All About 古賀和歌子　二〇〇九年一月一五日
allabout.co.jp/gs/englishagain/closeup/CU20090115A/
八八「「アンカー」オバマ新政権と中東情勢裏側&日本の政局」ぼやきくっくり　二〇〇九年一月一五日
kukkuri.jpn.org/boyakikukkuri2/log/eid610.html
八九「オバマ ブログ記事一覧」にほんブログ村キーワード
keyword.blogmura.com/key00001621.html
九〇「就任式でオバマが「アメロ」を発表」ネットゲリラ　二〇〇九年一月一九日
shadow-city.blogzine.jp/net/2009/01/post_095e.html
九一「オバマ次期大統領グッズ、米国で続々登場」Ameba News　二〇〇九年一月一九日
news.ameba.jp/world/2009/01/32596.html
九二「オバマ米次期大統領のマニフェスト」メセ協スタッフのブログ　二〇〇八年一二月二二日
mecenat.jugem.jp/?eid=141
九三「今度は英国発の金融不安広がる オバマ大統領も認める」J-CAST ニュース　二〇〇九年一月二一日
www.j-cast.com/2009/01/21034016.html
九四「バラク・オバマ の最新ニュース」フレッシュアイニュース
news.fresheye.com/clip/6015133/?from=s_ranking
九五「総合／オバマ政権方針 チェンジなし？　原発政策 東芝など注視」フジサンケイビジネスアイ　二〇〇九年一月二〇日
www.business-i.jp/news/sou-page/news/200901200018a.nwc
九六「オバマ政権へ〝出発〟大統領就任関連行事『新たな独立宣言』」東京新聞 TOKYO Web
www.tokyo-np.co.jp/article/world/news/CK2009011802000094.html
九七「『オバマ演説集』」Miscellaneous thoughts　二〇〇九年一月一〇日
curragh.sblo.jp/article/25384533.html
九八「アデルモの事件簿：オバマ、20万人を前にベルリンで演説」livedoor
adelmo.livedoor.biz/archives/51081935.html
九九「Access Accepted 第二〇三回：オバマ大統領の誕生とゲーム業界」4Gamer.net
www.4gamer.net/games/036/G003691/20090122068/
一〇〇「「オバマ」に関するブログ記事」Google ブログ検索

Ⅲ　戦意昂揚詩

無人（uninhabited）

誰でもないあなたの中に数多の人類が埋まっている
やはり私の言っていることが簡単にわかりますか
ほとんどの知能が泣き顔の真似をして
愛情も怒りもひとしく間違う
わかるなら右手を高く挙げなさい
その手で大切なひとを一瞬で
打ち殺してください

戦意昂揚詩

きみにおはようと言う最後の朝
さようならこの正しい場所の何が間違っているのかを見る
自分の目によってではなく世界中のひとびと
未来のひとびとそして死んでしまったひとびとの目で
これは
きみひとりの選択だから

どこから来てどこに立っているいま
その土は何色でどんな味がするいつか
生まれる前の約束の言葉や命令からではなく自分の意思できみはおはようと言う
さようならと言う

銀色の紙に包まれたお菓子をくれた
好きな景色を思う気持ちも永遠ではないから
きみの大切なひとりのひとのためでなく世界中のひとびと
未来のひとびとそして死んでしまったひとびとのために
暖かいその土の何が間違っているのかをきみは自分の頭で考える

誰かの家で食べた悪い色の食べ物
好きなだけいていい家や食べてもいい食べ物
今日も会い明日も会う人におはようと言う
さようならと言う
何が正しくて何が間違っているのかをわからないままきみは生まれた

言葉や命令を忘れてしまっても
絶対におはようと言う絶対に生きるさようならと言う未来に
良いものも悪いものもひとつにするこれはきみひとりの選択だから
どこから来てどこに立っているいま

その土から生まれたこどもたちの苦しみを閉じる

銀色の紙に包まれて好きなときに好きなだけ忘れていていい家
誰かの言葉や勝ちたいという気持ちと情熱
それを奪うそして死んでしまったひとびとの螺旋に何色の炎を見た
これはこの国と自信を取り戻すための言葉や命令ではなく
きみひとりの復活のための夢

いま選択するためにそこへ来て立っているその力で大切な約束に銀色の火をつける
生まれた場所を誇る心も永遠ではないから会いたいという約束も果たされないまま
言いたいときに言いたいだけおはようと言う
さようならと言うここから逃げたいと思う気持ちも永遠ではないから
好きなものを好きなだけ食べてもいい家で何もかもが正しいその正しさに挑戦する未来を

きみは決断する
絶対に正しいものも絶対に
信じられる悪もないからこれは

きみひとりの苦しみのためでなく世界中のひとびと
未来のひとびとそして死んでしまったひとびとの
苦しみのための
これは
きみひとりの戦争だから

小人委員会とその会議室

まっすぐに数字が並んでいて等間隔に並ぶその数字を順に思い始めたのはいつからだったか絵を見て確かめる恐怖であり小人が別の小人に指示を出す「どうかしているのではないか」からだのなかの崇高な存在であるよりも友達としての人に教えようとするそんな性格の諸規則が適用される順序に思いを馳せる冷静さで特定の人を例外にする正しいと知っていることよりも美しいと感じることの方が高級であると信じるすべての人間たちへ鉄と木の中に眠っている意識の小人がさらに小さな小人をつくる「小人委員会とその会議室」人間らしい笑顔で近づいてくる小人委員会が動かす崇高な存在であるよりも友達としてのおよそ目線を合わせられるように小さくなるさまざまな異同を含んで散逸した言葉の群れを生きていくおまえはそこにいますか

諸規則が適用される順序に思いを馳せる冷静さで特定の人を例外にする正しいと知っていることよりも美しいと感じることのどろどろにゆらめいていてあっちからこっちへ入ってくるばかりなのに

そのダメージを押しとどめようと小声で呼ぶここにいるのにそこにいるための方法を必死で編み出して求められていないのに高級であると信じるすべての鉄と木の中にさまざまな異同を含んでそこにいるための方法を必死で字を順に読み上げる私たちは人間の外でもう一度構築する完璧に求められていないのに存在を否定された薔薇の木の下で会う触れれば冷たいとわかっていてひっこめた手でその手で人に教えようとする

そんな性格の好さで信じるすべての人間たちへもう一人の小人とまた別の小人が眠っている意識の掘り起こしを試みること私以外のものに対してメッセージを届けようと未来であるそのからだの中に小人がいるまた別の小人が遠隔で連絡を取り合って人間らしい笑顔で近づいてくる鉄の腕で人間を抱くひとつの知的機能にもうひとつの知的機能を加えるその作業を延々と繰り返していくうちにいつの間にか私たちは知的であるだけでなく間で生きるここであるものからなんらかの考えが生じるそのときに作用するもの特定の事物から任意の思考が生じる際に作用するもの掌に命を載せるほど巨大になり言葉の群れをかき集めてもう一度構築する完璧な自動翻訳装置を所持してまっすぐに数字が意識の掘り起こしを試みること私以外のものに対してメッセージを届けようと試みること

感情をもっていていいと思い始めたのはいつからだったか絵を見て確かめる恐怖であり未来であるそのからだの中に小人がいるその小人のなかに別の小人がいる別の小人の横にもう一人の小人がい

るもう一人の小人とまた別の小人が遠隔で連絡を取り合っているまた別の小人が別の小人に指示を出すいつの間にか私たちはいつの間にか人間と人間以外の並んでいて等間隔にいつの間にか私たちは知的であるだけでなく

本当はどろどろにゆらめいていてあっちからこっちへ入ってくるばかりなのに特定の人を例外にする正しさで知っているダメージを押しとどめようとここにいるのに目線を合わせられるように小さくなるまた延々と思いを馳せる冷静さで美しいと感じるまた別の小人が目玉に釘を打つように人が小人をつくりその小人がさらに小さな小人をつくる「小人委員会とその会議室」「どうかしているのではないか」釘を打つように延々と崇高な存在であるよりも友達としてのおよそ人間らしい笑顔で近づいて鉄の腕で抱くその作業をいつの間にか繰り返していくうちに私たちは作用するもの特定の事物から任意の思考が生じる際に巨大になりさまざまな言葉の群れをかき集めて小人をつくりその小人がさらに小さなゆらめいていてあっちからこっちへ入ってくる私たちは小声で私たちは別の小人の横で一人遠隔で生きていく人間と人間以外の間で掌に命を載せるほど巨大になる

みどりの家

あなたは覚えていないかもしれませんが、昨夜あなたは、男がいかに身勝手で理解のない存在であるかを私に語りました。そして私がなぜ結婚する気になったのかを尋ねました。あなたは覚えていないかもしれませんが、もし私が独身ならばあなたと結婚しても良いとあなたに言いました。そんなことが言えるのは私が独身ではないからであり、仮定法でならば男はどんなことでも言える、とあなたは言いました。言いながら、テーブルにグラスを叩きつけていました。飛び散った破片があなたの素足を切り裂いて血が滲んだように見えました。違います。爪が赤く塗られていたのです。足の爪を赤く塗っているような女に対する偏見を持っているタイプの男です、私は。それでもよければ私と結婚してください。仮定法でならば男はどんなことでも言える。私は毎朝コーヒーを飲むタイプの人間です。コーヒーにはたっぷりとミルクと蜂蜜を入れる。その飲み方を同居人にも強要するぞ。あなたはそれに耐えられるのか。ベランダに草が生い茂っています。この草をなんと言いますか。サイプレスバイン。もしくは和名でルコウソウ。失礼ですが、年齢は？　もうすぐ三十二になります。来年は三十三。再来年は三十四です。あなたは覚えていないかもしれませんが、「この人のような」と指差して、どんなにまっとうな職業に従事していても結局のところ生活の根幹を人間関係とは別の場所に置く、本質的に不安定なタイプの人間である、とあなたは私を規定しました。違います。それは違います。それは断じて違うはずだ。ルコウソウ？「縷紅草」と書く。ルコウアサガオの仲間です。あなたは覚えていないかもしれませんが、酩酊したあなたの前ではどんな言葉も信用ならないから、深刻な話をするときは酒を飲むな、とあなたに言いました。それかすべて紙に書いておけ。あかい花が咲くのですか。あかいのもあればあかくないのもある。でもだいたいいつも緑色だ。花はすぐに枯れるから。緑色の草の隙間から風と光が差し込む。あなたは覚えていないかもしれませんが、キャリーケースを引いてさびれた商店街を歩くあなたとすれ違ったとき、あなたの名前を呼びました。その声はたしかにあなたの耳に届いていたはずだから、うつむいたままの後ろ姿にそれ以上言葉を投げかけることはできませんでした。念のため訊いておきますが、この赤い飲み物はなんですか。ワインです。もう一本、赤くないワインもあります。片手にグラスを持ち、もう片方の手にカメラを持つ。私が写された何十枚もの写真の中からよく撮れた一枚をあなたは選ぶ。その一枚を大きく表示する方法がわからないとあなたは言う。同じことをさっきも言いました。全く同じことをすでに五回聞きました。猿が撮った写真に著作権が認められないならば、酔っ払いが撮ったそれも認めてはならないだろうと私は思う。飲み過ぎて記憶をなくすような奴を軽蔑するタイプの人間です、私は。それでもよければ結婚してください。男はいつも自分の都合だけでものを言う。この建物の住人たちは誰もが狂ったように草花を育てるだろう。壁面が緑に覆われ、鳥と昆虫が集うだろう。あなたは覚えていないかもしれませんが、少なくともあと一年、できれば三年、このままの関係を続けて、それから決めても遅くはないとあなたは言いました。遅くはない？　誰にとって？　何にとって？　私のからだの限界は私の都合か。鳥が運んでくる種でまた新しい樹木が育つだろう。草木に満ちたこの建物をひとびとは「みどりの家」と呼ぶ。あなたは覚えていないかもしれませんが、自分は捨石になってもかまわないとあなたは言いました。捨石？　石を捨てるのは誰？　その石を奪わせて、勝ち取るものは何？　あなたとずっと一緒に暮らすための方法を考えています。あなたと私の間に生まれるこどものことを考えています。そのこどもはこの家にちなんで「みどり」と名付けられるだろう。この家の前を走るそのこどもを私はベランダから見下ろすだろう。夏の終わりにこどもたちが集まって花火をする。その花火の色をよく覚えておけ。せっかくなので訊いておきますが、ルコウソウの花言葉は？　「情熱」もしくは「私は忙しい」。次に会うときは足の爪を緑色に塗ってきてください。それがあなたにはいちばんよく似合う。

弟1

必要なものは忍耐なのだと指に青いインクを付けて枝の先端に押し付ける
ここにいない人のかつて書いた絵が色とりどりの指紋で染まる

赤い絨毯の上をまっすぐに歩きなさい
振り返って一点を見つめて待ちなさい
手をとって階段を登り男の前に立ちなさい
その男の言葉をよく聴きなさい
聴こえたら「はい、誓います」と言え

羽根が降ってくるだろう
天井を見上げ笑いなさい

それが初めて見せるおまえの笑顔だ

弟の話をしましょう。弟は二人いるので一人目の弟を弟1、二人目を弟2と呼ぶことにします。これは弟1の話です。

身長一八三センチメートル、体重七一キログラム
長く細い腕と脚に隠された引き締まった筋肉
小さく整っていて清潔な印象を与える顔立ち
大胆で無駄のない仕草
あだ名はイケメン

花びらの舞う道を歩いていきなさい
おまえの合図で花束は放たれる

これは最も不幸な時期の写真だ
ひょろ長くて弱々しかった弟1はもやしと呼ばれた
兄にいじめられることを恐れていつも虚ろな目をしていた

「総理が来るからイケメンを連れてこい」と隊長が言う
イケメンとは蔑称である
ニュース番組の画面の端に直立不動の弟1が映る

強くなるために剣道を始めた
モテたくて建築学部に進学したのになぜか応援団に入った
中央で偉そうに腕を組んでいるのが弟1である
四年間あらゆるものの応援に明け暮れた

プールの前に立ちなさい
あと十秒でカーテンが開くからいますぐお姫様抱っこしなさい
そのまま優雅に入場しろ
おまえの力を見せつけるんだ

この土地でも中規模のデモがあった。炎天下の群集の中、ヘルメットをかぶり盾をかまえた。災害があった。二ヶ月間家を離れた。マラソン大会が開催された。道路を封鎖した。すべての非常時の

ために このからだを使う。

強くナイフを握りなさい
慎重に引き降ろしなさい
大きなスプーンでクリームの塊が口元へ運ばれるだろう
これはいちばん大切だった人がおまえに与える最後の食事だ

美しく伸びる樹木の枝に肉体の一部が写しとられる
学生服に身を包んだ仲間たちが弟１の名前を呼ぶ

左腕を鋭く斜め上へ伸ばせ
同時に左脚を挙げろ
右腕を右斜め下へ
胸元から花びらがこぼれ落ちるだろう
張り裂けるような声で「幸せにするぞ」と言え
すぐに仲間たちがその言葉を繰り返すから
その声がどんなに歪んでもかまわない

だがそのときおまえのからだが言っているのは次のことだ

おれはここにいておまえを応援している。おれはここにいておれ自身を応援している。だからここにいるおまえたちはここにいるというそのことだけでおれたちを応援している。おれの声が聴こえるか。おれのからだが見えるか。おまえたちがここにいておれたちがここいるそのことだけを確認するために、おれは応援している。

初出覚書

登山　「絵本の世界にあそぶ――昭和初期から戦争期にかけて」（日本近代文学館、二〇〇九年六月）
現代詩ウィキペディアパレード　「現代詩手帖」二〇〇九年九月号
日本文化0／10　「ユリイカ」二〇一〇年九月号
みんなの宮下公園　Bottle/Exercise/Cypher vol.0（新宿中央公園、二〇一〇年四月）、「現代詩手帖」二〇一一年一月号
災害対策本部　twitter（二〇一一年三月十六日‐十八日）、「詩客」二〇一一年九月十六日号
私の町　「文學界」二〇一一年五月号
自動販売機　ノリノリタナック「まちのあかり」（OGU MAG、二〇一一年九月）
タイム　TPAM in Yokohama 2012「タイム」（神奈川芸術劇場、二〇一二年二月）、「ユリイカ」二〇一二年五月号
オバマ・グーグル　「ポエトロゴス」二号（首都大学東京・現代詩センター、二〇〇九年八月）
無人（uninhabited）　「権力の犬」一号（二〇一三年十一月）
戦意昂揚詩　「アフンルパル通信」一四号（二〇一四年六月）
小人委員会とその会議室　「詩篇八例」（二〇一四年四月）
みどりの家　「ミて」一二八号（二〇一四年秋）
弟1　「詩篇八例」（二〇一四年四月）

山田亮太　やまだ・りょうた
一九八二年北海道生。詩集に『ジャイアントフィールド』（二〇〇九年、思潮社）。TOLTAメンバー。TOLTAでの主な制作物・イベントに「トルタバトン　ひらくと飛ぶ本をつくる」（二〇一一年～二〇一二年）、「トルタロボ　トーク」（二〇一四年）、「まえばしポートレート」（二〇一五年、アーツ前橋）、『現代詩一〇〇周年』（二〇一五年）など。

オバマ・グーグル

著者
山《やま》田亮太《だりょうた》
発行者
小田久郎
発行所
株式会社思潮社
〒一六二−〇八四二　東京都新宿区市谷砂土原町三−十五
電話〇三（三二六七）八一五三（営業）・八一四一（編集）
FAX〇三（三二六七）八一四二
印刷・製本所
三報社印刷株式会社
発行日
二〇一六年六月一日第一刷　二〇一六年九月一日第二刷